KB040413

李信 詩集

돌의소리

돌의 소리 ── 이신 시집

펴낸날 | 2024년 9월 12일

지은이 | 이신
엮은이 | 이경
편집 | 이승희
디자인 | jipeong
마케팅 | 홍석근

펴낸곳 | 도서출판 평사리 Common Life Books
출판신고 | 제313-2004-172 (2004년 7월 1일)
주 소 | 경기도 고양시 덕양구 중앙로588번길 16-16, 7층
전 화 | 02-706-1970 팩 스 | 02-706-1971
전자우편 | commonlifebooks@gmail.com

ISBN 979-11-6023-350-6 (03810)

李 信 詩集

돌의 소리

이신 지음 | 이경 엮음

평사리

이신 시집 『돌의 소리』를 다시 펴내며

이번에 고故 이신(李信, 1927~1981)의 시집 『돌의 소리』 초판을 펴낸 후 12년 만에 재판을 내게 되었습니다. 이신의 시와 단문들을 모은 유고 시집 『돌의 소리』 초판은 그의 사후 30주기가 되는 2011년 말부터 편집 작업을 거쳐 그 이듬해인 2012년 2월에 동연출판사에서 출간되었습니다. 그 시집 뒤쪽에는 화가로서 지은이의 창조적 면모를 보여주는 유작 그림들도 사진 부록으로 같이 실렸었는데, 그 시집의 간행은 그때까지 목사이자 신학자로 알려져 있던 이신을 전위 묵시문학적 지향성을 지닌 슐리얼리스트 시인이자 화가로서 세상에 소개하는 계기가 되었습니다.

시집 출간 이후 이신의 시는 사람들에게 서서히 알려지게 되었고, 독자들에게 반향을 일으켜 그들로 하여금 이신의 시문이 일으킨 울림을 새기고 그 의미를 해석하도록 하였습니다. 본격적인 시 평론은 사후 35주기를 기해 간행된 이신의 삶과 사상 그리고 시와 그림에 대한 포괄적 연구서인 『환상과

저항의 신학: 이신李信의 슐리얼리즘 연구』(도서출판 동연, 2017년 9월)에서 문학평론가 김성리 선생에 의해 "이신李信의 슐리얼리즘: 영원과 사랑의 묵시"라는 제목의 글(위 책 139~165쪽)을 통해 최초로 이루어졌습니다.

2021년은 이신 목사 소천 40주기를 맞아서 그의 삶과 정신을 기리는 특별한 한 해였습니다. 그의 차녀 이은선과 사위 이정배 두 교수가 주도하여 1년여 전부터 '이신 40주기 준비위원회'를 구성하고 이 모임에서 신학자, 목회자, 문학평론가, 미술평론가 등이 그가 남긴 유고들을 같이 읽으며 공부하고 글을 발표하는 수 차례 과정을 거쳤습니다. 그 결실로 『李信의 묵시의식과 토착화의 새 차원: 슐리얼리스트 믿음과 예술』(도서출판 동연, 2021년 12월)이라는 공동저술을 '한국信연구소' 엮음으로 출간하였고, 그 의미를 새기는 출판기념회가 이신 목사 40주기 추모예배와 더불어 거행되었습니다. 그에 앞서 10월에는 원본으로 남아 있는 이신의 그림과 원본의 소재가 불명이지만 그 이미지를 담고 있는 슬라이드 필름을 판화로 재현한 작품들이 "이신, SR@XR─초현실이 XR을 만나다"라는 주제의 유고 전시회에서 일반에 공개되기도 했습니다.

『李信의 묵시의식과 토착화의 새 차원』의 제3부 "이신의 시와 신학"은 그의 시 작품에 대한 연구와 평론, 그리고 몇몇 시구들을 가사로 삼아 작곡한 노래들과 그 단상을 담고 있습니다. 앞서 2017년 연구서『환상과 저항의 신학』에서 이신의 시 세계를 탐구한 바 있는 김성리 선생은 이번에는 "이신의 묵시 해석에 대한 현상학적 연구—시를 중심으로"에서 이신이 남긴 전체 38편의 시들에 대해 주체적인 인격이 역사의식에서 초월의식으로 나아가 진리를 찾아가는 구도의 과정으로 파악했습니다. 그다음에 이어지는 "이신의 내면세계—그의 시 작품으로 본 예술적 파토스와 구도적 누미노제Numinose 지향의 고찰"이라는 제목의 글에서 최자웅 신부는 한국 현대 시문학사의 맥락에서 이신의 시에서 드러나고 추구되는 삶과 사상의 본질을 꿰뚫어 보고자 하였습니다. 그에 따르면, 이신은 성聖스러움을 추구하는 누미노제의 깊은 뿌리와 성정을 지녔고, 이 순결하고 치열한 예술적 감수성과 에너지가 묵시록적 시를 통해 새 하늘과 새 땅의 궁극적인 현실을 보여주게 하였다고 해석했습니다. 제3부의 마지막 글 "짙은 그리움이 깊은 고요를 만나—이신의 시詩가 노래(歌)가 되다"에서 이혁 목사는 이신의 저작을 통해 얻게 된 감동을 담담하게 진술하면서 이신의 시 6편(불이 어디 있습니까, 자유의 노래, 침묵, 이국의 가을, 딸 '은혜恩惠' 상像, 예수님은 죽기까지)에 자작한 곡을 입혀서 노래로 만들기도 했습니다.

이번에 다시 펴내는 시집에는 초판과 비교해 몇 가지 달라진 점이 있습니다. 이번 재판 시집은, "돌의 소리"라는 동일한 제목이 명시돼 있고 원본이 남아 있는 111×144cm 크기의 캔버스 유화 작품을 표지화로 삼았습니다. 초판 표지화의 추상적 도안이 인상 깊게 뇌리에 남아 있기는 하지만, 이제 재간행되는 시집은 명실상부하게 제 얼굴을 갖게 되었다고 할 수 있겠습니다. 또 한 가지 달라진 점은 초판 뒤쪽에 실려 있었던 화가 이신의 대표적인 그림 사진들 부록이 이번에는 생략되어서 시집으로서만 재간행되었다는 것입니다. 다소 아쉽기는 하지만, 앞으로 이신의 그림과 조각 사진 등을 담은 도록의 출간을 기대하는 것으로 가름하려 합니다.

이번 재판에는 초판에 실려도 좋았을, 하지만 실리지 못한 산문 두 편이 추가돼 있습니다. 그중 하나는, 애초에 순복음신학교 청년 선교지 『카리스마』1980년 6월호에서부터 정기적으로 연재되었고 그 후 신학논문집 『슐리얼리즘과 영靈의 신학』에

게재된 "카리스마 칼럼들"과는 별도로, 이미 앞선 5월호에 게재되었으나 이 신학논문집에서는 누락된 "Eros의 비극"이라는 글입니다. 다른 하나는 저작연도 미상의, 아마도 1970년대 초중반에 쓰여진 것으로 추정되는 "제 나름대로"라는 글입니다. 이신이 번역한 베르쟈예프N. Berdyaev의『노예냐 자유냐 Slavery and Freedom』에서 영감을 얻은 인격주의의 통찰을 가지고 인간 개성의 독자성을 옹호하고, 인간 노예성의 한 원천으로서 성性 문제의 심각성을 논한 글들입니다.

이번 시집이 초판과 달라진 가장 큰 특징은 시집 뒤쪽에 이신 시에 대한 문학평론가의 해제가 실려 있다는 것입니다. 이 해제는 소설을 쓰기 전 젊은 시절에 본인 스스로 시를 쓰기도 하셨고 그 후 소설가이자 문학평론가로 활약하고 후학을 가르쳐오신 서울과기대 박정규 교수님이 담당해 주셨습니다. 박정규 교수님은 시인 이신이 사용하는 시어와 시적 형상화에 주목하고 이를 예민하게 분석 통찰하면서도 이신이 처한 실존적 정황을 가늠하고 이 시집에 실린 산문이나 에세이에서 또는『슐리얼리즘과 영靈의 신학』에서 전개된 주요한 신학적 신념들을 해석의 전거로 삼아 이신의 시가 지닌 다층적 의미들을 파악하고자 합니다. 『돌의 소리』 제2부 "슐리얼리스트의 노래"에 실린 시들을 비롯한 이신 시 특유의 난해성에도 불구하고 해제를 쓰는 노고를 아끼지 않으신 박정규 교수님께 이 지면을 빌어서 깊은 감사의 말씀을 드립니다.

이신 시집 『돌의 소리』가 처음 세상에 나온 지 12년의 세월이 흘렀고, 이제 그 재판이 더 많은 독자들에게 읽혀지기 위해 간행되었습니다. 이신의 시와 단문들은 더 이상 유가족의 전유물도 아니고, 평론가들만의 해석과 평가를 기다리는 창작물이 아니며, 기독교의 갱신을 목표로 하는 교회개혁 운동가들만의 전범이 아니라, 시적 상상력과 언어를 가지고 새 하늘과 새 땅을 꿈꾸는 사람이면 누구나 향유할 수 있는 공적 자산이라고 생각합니다. 엮은이는 이신의 시가 그렇게 되길 바랍니다. 이번에 재판을 내게 된 경위에는 특히 김천의 포도 농부로서 오랜 기독교인이자 동학교도인 김성순 어른의 독려가 큰 역할을 했습니다. 그 분은 이신의 시와 신학, 그림을 이정배 교수를 통해서 만나고서 그것이 우리 시대를 위해서 꼭 다시 역할을 해야 한다고 보시며 이미 주변에 많이 나누셨습니다. 그 일을 계속하시기 위해 재판을 촉구하셨는데, 감사할 따름입니다.

　지은이 이신이 어느 글에서 예술 작품에 대해 말하면서 그것을 단지 보거나 듣거나 하는 차원을 넘어서 감상하고 향유하는 자들이 그것을 좋아하거나 좋아하지 않거나 하는 인격적 차원이 있다고 했듯이, 이신의 시가 더 많은 사람들에게 전달되고 읽혀져서 내면의 울림을 불러오고 변화의 사건을 만들어내는 원천이 되기를 소망합니다. 출판사를 비롯해서 재판 간행을 위해 수고하신 주변의 모든 손길에 감사드립니다.

2024년 5월 청주 안덕벌에서
엮은이 이경

시집을 펴내며 (초판 서문)

이 시집은 제 아버지이자 화가로서 그리고 신학자로서 창조적인 삶을 살다 가신 이신李信 목사의 시와 산문들을 모은 것입니다. 그가 하늘의 부름을 받아 가신 지 30주기가 되는 지난해, 신학적 저술이 주를 이루는 그의 유고집이 『슐리얼리즘과 영의 신학』(동연, 2011)이라는 제목으로 재출간되었고, 이를 계기로 그의 신학 사상을 재조명하는 강연회가 열리기도 했습니다. 이 시집은 그 연속선상에서 편집되어 비로소 세상의 빛을 보게 되었습니다. 참으로 기쁘고 감사한 일입니다.

목사로서 그는 6·25 동란의 와중에 한국 그리스도의 교회 환원운동에 동참하여 50, 60년대 척박한 환경에서 전라도와 충청도를 중심으로 교회 개척과 목회에 투신하였고, 서울과 대전의 신학교에서 가르쳤습니다. 가족과 떨어져서 고독하고 힘겨운 그러나 어느 시기보다도 생산적이었던 미국 유학을 거쳐서 그 후에도 별로 개선되지 않았던 목회와 교육 환경, 그로 인한 궁핍한 살림살이에도 불구하고 그는 책을 읽었고, 그림을 그렸으며, 시와 논문을 써 냈고, 신학생들을 열심으로 또 가르쳤습니다. 이러한 삶의 정황은 이 시집의 글들이 쓰인 배경이 됩니다.

위에서 언급한 『슐리얼리즘과 영의 신학』에 나오는 논문들이 주로 그의 유학과 귀국 후 소천하기까지의 기간에 쓰였다면, 이번에 출간되는 아버지의 시와 산문들은 그 이전 60년대에 쓰인 것들이 주가 되고 그 후기에 쓰인 글들이 거기에 추가되었습니다. 이 글들을 다시 찬찬히 읽으면서 저는 아버지에게서 목사나 신학자의 모습 이전에 실존하는 한 인간의 모습을 재발견하게 되었습니다. 특히 이 시집의 제1부를 구성하는 〈유랑자의 수기〉에 나오는 시들은 당시 그가 처해 있던 삶의 정황을 잘 보여줍니다. 그는 큰딸이 세상을 떠나감을 직접 지켜보지 못한 채 이국에서 슬퍼했고, 순박했던 딸의 살아생전 모습을 그리워했습니다. 키우던 개의 죽음을 측은한 마음으로 바라본 그는 또 다른 삶에서 마음껏 짖어 대기를 소망했습니다. 그는 맑은 영혼을 가진 시인이었습니다. 그 모습은 그가 자신의 논문에서 인용하였듯이 마치 "은밀한 고통으로 찢어질 듯이 아픈 가슴을 지닌 불행한 존재이지만, 그의 외침이 사람들의 귀에 이르렀을 때에는 감미로운 음악으로 들리는" 시인의 실존과 같은 것이었습니다. 그는 결코 척박한 현실의 풍토에 좌절하지 않고 자유를 맘껏 누리는 "새 풍토"를 향해서 강인한 전진을 다짐하는 전위파의 기수였습니다.

이러한 삶의 정황에서 쓰인 이 시집은 세 개의 부분으로 구성되어 있습니다. 처음 둘은 지은이가 수작업으로 제본한 〈유랑자의 수기〉와 〈이신 시집 II〉에 각각 들어 있는 시들과 별지에 적은 시들을 모은 것이고, 마지막 부분은 이 두 시집에 들어 있는 단문들과 별도의 원고지나 갱지에 적은 독립된 단문이나 에세이들을 모은 것입니다. 제1부 "유랑자의 수기"는 1964년 여름부터 적기 시작하여 1966년 미국에 유학 한후 1971년 귀국하기 직전까지 적어 놓은 서정성이 가득한 시들로 이루어져 있습니다. "유랑자의 수기"라는 제목은 그 제본의 표지 그림에도 적혀 있고 그중 "어느 시집에 기록된 서문"이라는 글에도 나타나는데, 시무하던 돈암동 그리스도의 교회 사임과 더불어 명륜동 산꼭대기 무허가 판자촌(성마당)으로의 이주 그리고 고국에 남겨진 가족의 생계까지 책임져야 했던 고달픈 유학 생활을 상징적으로 나타내고 있습니 다. 제2부는 애초에 〈유랑자의 수기〉에 포함되어 있던 "계시 I, II, III" 세 편과, 미국 유학에서 귀국한 후 1972년부터 대략 70년대 말에 걸쳐서 지어진 〈이신 시집 II〉에 들어 있는 시들, 그리고 별지에 적어 놓은 시들("초상화 IV, V", "전위적 역사의식")로 이루어져 있습니다. 이 가운데 "계시 I, II, III" 세 편은 〈이신 시집 II〉에 들어 있는 다른 시들보다 이른 시기에 쓰인 것 들이지만, 슐리얼리스트의 환상적 자유함을 선구적으로 잘 드러내기에 제2부의 처음에 두었습니다. 슐리얼리스트의 우스꽝스러운 상념적 일화를 연상시키는 "초상화 IV, V"도 여기에 포함되었는데, 이를 미루어 봐서 함께 있었을 것으로 짐작되는 "초상화 I, II, III"은 안타깝게도 소실돼 버리고 말았습니다. 여기에 "슐리얼리스트의 노래"라는 부제를 붙인 것은 이 시들이 그 내용이나 형식 면에서 지은이가 유학 중 박사학위 논문에서 고찰한 전위 묵시문학의 신학적 지향점과 미의식을 시적으로 잘 드러내고 있기 때문 입니다. 지은이는 이 시기에 "슐레아리즘의 신학" 또는 "슐리어리즘의 신학"이라는 제목으로 자신만의 독창적 신학 작업을 띄어 쓰기를 무시한 자동기술법적인 산문체로 몇 차례

시도한 바 있습니다.

여기서 특기할 점은 잃어버린 시집에 관한 언급입니다. 위에서 말한 "어느 시집에 기록된 서문은", 이 시집의 제1부에 수록된 시들보다 더 이른 시기에 지어서 애지중지 간직하던 시들의 모음집을 잃어버리고 나서 이를 안타깝게 생각하는 지은이의 심정을? 제목은 서문으로 했지만 또 하나의 시 형태를 띠고? 고스란히 담고 있습니다. 아버지는 그 원저자를 제삼자처럼 여기면서 "이 시가 출판된 것을 알면 무척 기뻐할 것이고 나도 또 이 시를 쓴 이가 누군지 알게 되어 기쁠 것이라고 생각했습니다."라고 적고 있습니다. 마치 지금 내놓는 이 시집의 출판을 예언하는 것 같습니다. 또 한 가지는 〈이신 시집 II〉라는 제본의 제목이 시사하듯이, 그 제본된 두 시집 사이에 아마도 "이신 시집 I"이라는 제목을 가진 또 하나의 시집이 존재했을 것이라는 추정입니다. 제가 어렸을 적에 아버지는 시집이 하나 있었는데 이를 출판하면 좋겠다는 어느 제자의 권유로 넘겨주었다가 출판되지 못하고 소실되어 버렸다고 하신 말씀이 어렴풋이 떠오릅니다. 두 가지 소실된 시집들이 확실히 별개로 있었는지, 아니면 동일한 시집을 지칭했는지는 아버지의 말로 지금 확인할 수 없기에 어디까지나 추정입니다만, 분명한 것은 소실된 시들이 존재했었고 아버지가 이를 출간할 의도를 가지고 있었다는 점입니다. 참으로 아쉽고도 안타까운 일입니다.

　이 시집의 제3부는 위에서 언급한 두 시집에 나오는 짧은 산문들 그리고 별도의 원고지나 갱지에 적어 놓은 에세이들을 "돌의 소리"라는 제목으로 모아 놓은 것입니다. 이 가운데 대다수의 글들은 각각 완결된 형태로 실어 놓았지만, 몇몇 글들은 이어지는 원고의 소실로 인하여 중간에서 끊긴 상태 그대로 실을 수밖에 없었습니다. 시기적으로는 1960년대 초에서 70년대 말까지 걸쳐 있습니다. 아버지는 이 글들 속에서 때로는 시적인 언어로, 때로는 선언이나 논술의 강력한 언어로, 때로는 슐리얼리스트의 자동기술법적인 산문으로 신학적 단상들을 전개시켰습니다. 이 모든 글들은 한두 마디의 주제로 아우르기는 어렵지만, 이미 출판되어 있는 『슐리얼리즘과 영의 신학』의 주요 논문들에서 더 충분하게 전개될 신학적 지향점들을 원형적으로 보존하고 있다는 점에서 공통점을 갖습니다. 여기에는 기독교에서 말하는, 그렇지만 오해되고 있는 "영원"과 "부활"에 대한 경고와, 전위적 역사의식으로 그 의미를 재해석하려는 신학적 노력이 담겨 있고, 현대 자본주의적 기계 문명에 대한 단호하고 강력한 저항의 목소리가 있으며, 회고주의적 노예 종교로 전락한 기독교의 현상태를 깨고 자유로운 인격의 주체성과 창조성을 외치는 자의 소리가 있습니다. 특히, 제3부의 부제로 쓰이기도 한 "돌의 소리"는 아버지가 시도한 '한국쉬르리얼리슴연구소'의 선언적 의미를 담고 있습니다. 그가 지향하는 신학적 창조성과 진취적 통전성을 전위적 초현실주의 의식으로 풀어 낸 독특한 글입니다. 이 선언문의 원본에는 본문이 띄어쓰기를 무시하고 쓰여 있습니다.

이 시집에는 아버지의 그림과 육필 원고 사진들도 함께 실었습니다. 어렸을 적부터 그림 수업을 쌓은 그는 미국 유학 중에 열 차례의 개인 전람회를 열 정도로 현대 전위예술의 미의식을 체현하고 있었고, 이를 묵시문학의 신학적 지향점과 창조적으로 결합시킨 화가였습니다. 화가의 예민한 감수성과 신학자의 종말론적 역사의식이 한 인격 속에 통합되어 발현되었다면 그가 바로 좋은 예가 될 것입니다. 그래서 그의 그림은 그의 시와 떼려야 뗄 수 없는 관계에 있습니다. 또 이 둘은 그의 신학과 밀접하게 연결되어 있습니다. 그가 시를 통해서 노래하고 있는 바가 그림에서는 어떻게 드러나고 있는지, 그 둘을 연결시켜서 음미하면 어렴풋이 떠오르는 상이 있으리라 기대합니다. 이 그림들은 세상의 빛을 보지 못한 나머지 그림들과 더불어 장차 일반에 전시되고 화집으로 모아져 출판될 것입니다. 아버지가 손수 제본한 시집들의 표지 사진과 육필 원고들은 그 자체로 그의 미술적 취향과 글씨체의 아름다움을 드러내고 그가 처한 실존의 정황까지도 넌지시 알려 준다고 생각해서 함께 실었습니다.

이 시집을 엮으며 제가 가슴 아프게 생각하는 분이 계십니다. 그분은 우리의 어머니이십니다. 어머니는 아버지와 힘겨운 동반의 삶을 사셨고, 큰딸과 남편을 먼저 보내고 남겨진 자식들과 손자 손녀를 돌보다가 이제 정신을 거의 내려놓으시고 병상에 누워 계십니다. 저는 한없이 부끄러운 불효의 자식으로서 이 시집을 어머니께 바칩니다. 시집이 나온 것을 아시면 누구보다도 기뻐하실 것입니다. 저는 아버지와 동시대에 하느님의 일을 기꺼이 수행한 많은 동역자분들이 이미 세상을 떠나셨고 또 은퇴의 삶을 살고 계심과 그 제자들이 이미 중년을 넘어 노년을 앞두고 계심을 알고 있습니다. 이 시집이 그분들에게 새 힘이 되고 힘찬 울림으로 다가가기를 소망합니다. '이신'이라는 이름을 어렴풋이 전해 들은 그의 후학들에게도 신선한 자극이 되기를 또 소망합니다.

이 시집의 출간은 제 형제자매들의 도움으로 가능했습니다. 큰누나 내외(이은화, 박인기 부부)는 아버지 가신 후 힘든 삶을 함께했고, 형과 형수(이윤, 임효은 부부)는 아버지의 유산을 기리는 사업에 든든한 토대가 되어 지원을 아끼지 않았습니다. 이 사업에 가장 적극적이고 실질적인 역할을 하는 작은 누나와 매형(이은선, 이정배 부부)은 이 시집 출간을 함께 기획했습니다. 이은선 교수는 아버지를 이어 여성 신학의 지평에서 그 유산을 되살리고 있으며, 이정배 교수는 아버지의 삶과 사상을 글을 통해 새롭게 조명하고 이를 한국 문화신학의 선구로 자리매김하는 데 주도적 역할을 하고 있습니다. 이들의 노고에 진심으로 감사를 드립니다. 제 부족함으로 인한 촉박하게 된 출판 일정을 아무 싫은 소리 없이 소화해 주신 김영호 사장님을 비롯해서 이 시집의 출판을 맡은 동연출판사의 편집자 여러분에게는 각별한 감사의 말씀을 전합니다.

저는 아버지의 시들을 읽으면서 그의 속마음을

헤아리며 울고 또 웃었습니다. 이 시집의 출판을 함
께 기획한 작은 누나 이은선이, 많은 고통에도 불구
하고 아버지의 기초적이고 본래적인 정조는 '유희'
이고 '희락'이라고 보았듯이, 아버지는 영원한 하느
님의 현실을 벗 삼고 예수를 본받아 영의 세계를
이 세계에서 맛본 사람이었기에 현실 역사의 고통
과 번민이 그의 '글 놀이'와 '그림 놀이'를 막을 수
는 없었습니다. 그래서 저는 이 시집의 글들이 있는
그대로 그의 창조적인 글 놀이로 읽혀지기를 소망
합니다.

2012년 2월 음성에서

이경

차례

1부_ 유랑자의 수기

2부_ 슐리얼리스트의 노래

3부_ 돌의 소리

제1부

유랑자의 수기
流 浪 者　　手 記

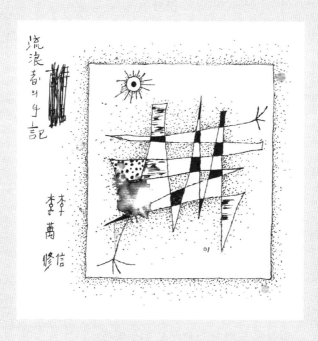

침묵 沈默

나는 당신에게 못하는 말이 있습니다.
이것은 무슨 비밀도 아니요
수수께끼도 아닙니다.
당신의 맑고 툭 튄 이마처럼 잔잔한
당신의 자유의 호수를
흔들어 놓을까 봐서입니다.
그래서 나는 하루 종일 안타깝게
이 호면만을 바라보고 있습니다.

나는 당신에게
다른 말은 다 합니다마는
이 말만은 못 합니다.
당신이 성낼까 봐서도 아니요
당신이 슬퍼할까 봐서도 아닙니다.
당신의 빛나는 눈처럼 아름다운
당신의 마음의 별빛을
흐려 놓을까 봐서입니다.
그래서 나는 가슴 조이며

밤새도록

이 별빛만 지켜보고 있습니다.

나는 당신에게 못 하는 말이 있습니다.

나는 당신을 두려워해서도 아니요

당신이 어려워서도 아닙니다.

당신의 우뚝 솟은 코처럼

당신의 긍지의 봉우리를

나의 이 말로 낮아지게 할까 봐서입니다.

그래서 나는 하루 종일

괴로워하면서

이 봉우리만 바라보고 서 있습니다.

나는 당신에게 못 하는 것이 아니라

사실은 안 하는 말이 있습니다.

이것은 당신을 의심해서도 아니요

당신을 오해해서도 아닙니다.

당신의 미소 짓는 입처럼

자유스러운 결단의 골짜기에서 솟는

우물을

이 말을 함으로

흐려놓을까 봐서입니다.

그래서 나는

밤새도록 이 우물가 주변을

가슴 태우며

서성거립니다.

__1964/8/4 잃어버린 시첩을 생각하면서

어느 시집에 기록된 서문

이 시는 누가 쓴 것인지 모릅니다.
어느 무더운 여름철에 길 가다
낡은 시첩 하나를 주웠습니다.
그 시첩 안에는 쓴 이의 이름으로 주소도 적혀
있지 않고
시구만 그득히 적혀 있었습니다.

손때가 묻은 것으로 봐서
이 시인이 오랜동안
무척 이 시첩을 소중히
가지고 다닌 것 같습니다.
나는 어떻게 해서든지 이 시첩을
이 시를 쓴 이에게 돌려주려고 했습니다.
그러나 누구에게 어디로 보내야 할지 몰랐습니다.

아마 정처 없이 떠돌아다니는
유랑 시인이 길 가다
떨어트린 것 같습니다.

이 시첩을 잃고
그는 얼마나 속태웠겠습니까?
그의 영혼의 아들을 잃었으니 말입니다.

이 시인이 말하는
"당신"이 누구인지 모르겠지만
그는 무척 그를 사랑한 것 같습니다.
그가 방랑하는 길에서
산을 바라보면서 "산과 산 사이로 피어오르는"
그의 애인의 환상을 그리기도 했고
밤하늘 번쩍이는 별빛을 바라보면서
그의 애인의 빛나는 눈매를 그리기도 했습니다.

나는 이 시가
잘 됐는지 못 됐는지 모르지만
무엇인지 마음에 뜨거운 것을 느끼게 합니다.
그래서 저자의 이름도 없이
"유랑자의 수기"란 이름을 붙여
세상에 내놓았습니다.

이 시가 출판된 것을 그가 알면

무척 기뻐할 것이고 나도

또 이 시를 쓴 이가 누군지

알게 되어 기쁠 것이라고 생각했습니다.

그러나 종래 이 시를 쓴 이는

나타나지 않았습니다.

__1964/8/4

상념

홀로
그대 그리워 괴로워하오
나와 내가 마주앉아
그대 그리워 괴로워하오
그러나 눈감고
그대 이름 불러 보오
누가 대답하는 듯하오
그리고 누군가 다가오는 듯하오
놀라서 눈을 뜨오
그러나 나와 내가 마주 앉았을 뿐이오

홀로
그대 그리워 산을 바라보오
나와 내 눈이 먼 산을 바라보오
눈 감고 바라보오 그러면
그대의 미소微笑 짓는 얼굴이
산 사이로

피어오르오
손을 내밀어 보오
그리고 눈을 뜨오
그러나
나와 산뿐이오

홀로
그대 그리워 우오
나와 내 혼이
부둥켜 안고 우오
나는 눈물 흘리며 우오
그러나 내 혼은
눈물 없이 우오
누가 나를 달래는 듯하오
얼굴을 쳐드오
그러나 나와 내 혼이
울고 있을 뿐이오

＿1964/8/5 새벽 (잃어버린 시를 다시 써 보다. 원제는 상념 想念이다.)

출발

운명을 전당 잡고
풍진을 긁어 모아 새로운 조형을
마련하려고 적막한 공지空地를 향해 출발하나
지평이 너무 낮고
하늘이 묵념만 반복하니
행려자의 가슴은
더욱 심연의 주변만 맴돈다.

길이 아무리 멀어도
자연이 전설을 고수하는 한
초속超速의 물체가
시간을 침식하는 논리는
심야의 기적 소리마냥
요란스럽게 굴러가고
증명이 불가능한
이 시대의 예언이
과학의 고독 때문에
오히려 찰나적 충동 속에서

질풍처럼 전달된다.

사색이 어떤 지점으로 고양되면
불투명한 풍토가
비극의 대안對岸을 환상적 토질로
변모케 하고
시대적 풍조 때문에
권력을 세낸 무리들이
몽롱한 달그림자 속에서
새로운 투쟁을 계획한다.

이때 그렇게 오랫동안
기도하는
새 풍토에의 출발이
마지막 기적 소리 때문에 결단을 내리고
정오의 태양을 쪼이며
빈손마저 뿌리치고
홀로 떠난다.
그러면 가로수의 그늘이
명상의 은거지를 마련한다.

__1964/8/8

새 풍토

빈 호주머니를 털어도
여전히 낡은 감상의 자산 때문에
가을 하늘이 좋아서
살짝 몰래
운명을 피하여
불모의 광야에 이른다.

거기는 황홀한 색채를
일체 신화적 배경 속에
박아 두는 곳이니
여간 침범하기 곤란하다.
그러나 유일한
통로가 있는데
자아를 거부하고도 오히려
의식이 마지막으로
항거하니
어쩔 수 없이 살아가는
말하자면 멋을 잃은 군상들이

드나들기에 알맞은 곳이다.

현실을 팔아서 청산하면
오히려 새 풍토에의
동경이 환상을 강매하니
어쩔 수 없이 도보로
사색을 추구하면
먼 하늘이 더욱 더 붉어지면서
긴 하품을 한다.

아무래도 오늘을 담보 잡고
기상천외의 논리를
하나 도입해야겠으므로
정당한 동정同情을 지불한다.
그러면 땅이 진동하기 시작하여
뽀얀 액체가 되어 버린다.
그리고 새 풍토의 막이 열린다.

그대 떠난 뒤

기차에 몸을 싣고
손 흔들며
그대 떠난다.

사라져 가는
그대 그림자 좇다 지쳐
발길 돌리고
나눈 위에 같이 걷던
그대 발자취 더듬으며
희게 소복素服한 들판을
혼자 걸어온다.

집은 무덤 같이
고요한데
나는 그대가 벗어 둔
옷자락을 살며시 만져 본다.

__1965/1/13

시간에의 항거

무서운 질풍처럼
역설의 이론이 다가와도
마른 땅에는 여전히
시간이 각인하고 간 흔적은
서천西天에 지는 태양처럼
붉게 물들어 있다.

가랑잎을 모아서
객체화한 운명을
불살라도
쏟아지는 시간의 우수憂愁를
극복 못하고
부질없이 신화화된 물체를
어루만진다.

가느다란
미풍이 스쳐 갈 때
파멸의 기계소리 새어 나와

거치른 대지의 꽃을 더 붉게 하고
비운에 몸서리치는
소녀를
고독의 물가로 유인한다.
그리고
사유의 심연에
달이 비치면
포위된 시간의 산맥을 헤치고
장엄한 주체의 영봉에 올라
서열을 가리는
영을 내린다.

이제는
거대한 창조의 샘이
힘찬 감정을 폭발할 때
파괴된 시간의 조각을 주워 모아
적나라한 그림자 하나를 만들어
자유의 대공에 날려 보낸다.

__1965/2/24

눈, 달빛

눈이
소리 없이 나리면
달이
소리 없이 뜬다.

개가
짖으면
산촌은
달빛을 받아
더욱 고요해진다.

__1965/1/20

소묘

거리에는 아직도 콘크리트가
굳지 않았는데
무수한 발자국이
혁명을 도모하려는
군상들에 의해
더욱 찬란하게
고독을 각인한다.

누구와의 대화에도
정리된 웅변술이
승화해 가지마는
밀물처럼 쏟아지는 격정은
가을 하늘 같은
물감을 산야에 풀고
떠나는 뱃고동 소리마냥
사라져 버린다.

사랑이란

사형수의 목에 건 번호표 같이

아침 이슬만 보면

어쩔 줄을 모르다가다도

산딸기처럼

가을이 오면 더욱

붉어만 간다.

__1965/1/21

가을과 당신

고요한
두메산골입니다.
비 오는 소린 줄 알고
문을 열어 봅니다.
그러나
어느새 가을이 와서
나뭇잎이 떨어지는
소립니다.

나는 그대를
무척 사랑합니다.
목마른 자처럼
그대의 사랑을
마십니다.
그러나
갈증은 가시지 않습니다.
맑은 가을 하늘
구름 한 점 없는

당신의 마음 하늘 위에

저 잎새처럼

날아 보고 싶습니다.

__1964/11/6

피로에서 오는 감각

나는 당신을 어려워하면서도
당신을 병病처럼 경멸합니다.
그것은 당신이 미워서도 아닙니다.
그리고 당신이 싫어서도 아닙니다.
당신이 하나의 권리를 가졌기 때문입니다.

나는 당신을 무서워하면서
당신을 몹시 사모합니다.
이렇게 당신을 향해 정리 못 한 심정을 가져도
산이 빨갛게 물들기 시작하면
혼자 외로워져서 길을 걸어갑니다.

나는 당신을 향해
말을 하기 싫습니다.
말 대신 몸짓이 좋습니다.
항상 우리를 속이는 자는
말이기 때문입니다.

그러면 어떻게 해야겠습니까.

보지도 말고

말하지도 말고

만져만 볼까요.

__1965/2/14

가난한 족속

그 눈동자에는 깊숙이
불빛을 머금은 채
한번은 하늘을 쳐다보고
또 땅을 쳐다본다.
가난에 지친 채 목은 길어지고
발걸음은 느리지만
속에는 큰 바람이 일고 있다.

맑고 밝은 것을 좋아하는
성벽性癖이
가난으로 승화昇華하고
저 하늘에 별빛을 계수計數하면서
살다가 이제는
그것도 던지고
끝없는 여로旅路를 떠난다.

__1965/7/17-18

'과거'의 역설

"과거는 지워지지 않는다."

사랑하면 사랑할수록 그 과거는 더욱더 부각된다.
역사는 "물 위에 쓴 글씨"가 아니다.
Here lies one whose name was written in
water(Touch of Keat).

"과거는 지워 버릴 수 있다."

정말 사랑은 어떤 과거도 무無로 돌릴수 있다.
그보다도 그 상처 많은 과거 때문에 더 순결할
수 있다. (영원은 역사를 녹이는 불덩어리이기 때문이다. 이
세계를 콘크리트 바닥으로 만들더라도 풀은 이것을 뚫고 돋
아 오르는 것을 생명은 막지 못하게 하기 때문이다.)
영원은 불견자不見者의 아들도 옥동자로 탄생시
키기 때문이다.
__1965/9/29

이국異國의 가을

귀뚜라미 소리 이국의
창밖에 들리고
가난과 굶주림 속에서
멀리 멀리 떠나가 버린
딸의 이름 '은혜'恩惠를
천정을 향해 불러 본다.
그리고
귀를 종그리고
그의 대답을 기다린다.

__1966/9/11

異國의 가을

휘 파람 소리　異國의
창밖에 들리고
가난라 꿈주림 속에서
멀리 멀리 떠나가 버린
딸의 이름 「恩惠」를
친정을 向해 불러본다
그리고
채를 좋고리고
그의 대답을 기다린다.

一九六六、九、四 일

딸 '은혜恩惠' 상像

하얀 박꽃처럼
초가집 지붕 위에 피었다가
둥글디 둥근 것을
남겨 둔 채
사라졌다.

한 번도 부모 말을
어기지 않던 그 애
속일 줄도 모르고
그저 고분고분
따르던 그 애

은혜야! 부르면
네! 하고
아버지! 하고
핼쭉핼쭉 웃으며
다가오던 그 애

신神과 주체적主體的 해후邂逅

자연적인 현상만을 보는 눈에는
신과 만날 수 없습니다.
그것은 항상 토막토막 잘라진
단편이기 때문에 산 역사로서
보지 못합니다.
신은 그런 곳에 계시지 않으니 말입니다.
신은 그 뒤에 숨어 계시기 때문입니다.
아니 숨어 계신다는 것보다
본래가 그런 분이 아니기 때문입니다.

신은 이 자연적인 현상의 단편 사이에within 계십
니다.
그것은 신은 이 토막토막을 생명 있는 역사
Geschichte로 연결하는 고리시기 때문입니다.
그래서 신은 이 우리 눈앞에 전개되어 있는 현상
에 뜻(의미)이라고 하는 생기를 불어넣습니다.

소리만 들을수 있는 귀는

말은 알아들을 수 없습니다. 그에게

그것은 그저 소리, 소리의 토막토막이기 때문이

겠지요.

이 소리에다 뜻을 불어넣을 때

말이 되는 것이 아닙니까.

이것을 알아들을 수 있는 귀는

따로 있지 않습니까.

우리 눈앞에 되어지는 현상의

뜻을 더듬는 분은

신과 만날 수 있습니다.

소리 속에 있는 말을 더듬는 분은

뜻을 알게 되고

뜻을 더듬는 분은

말한 분과 만날 수 있는 것처럼

말입니다.

__1968/5/4 미주 아이오와 디모인(Des Moines, Iowa)

사실事實 I

아무리 부정하고 또 부정해도
그것이 사실이라면
어떻게 하겠습니까.

아무리 알리바이가 서서
그 자리를 피할 수 있다손 치더라도
그것이 사실이라면
어떻게 하겠습니까.

모든 사람이 알고도
그것을 눈감아 준다손 치더라도
그것이 사실이라면
어떻게 하겠습니까.

모든 사람이 모르고
단 한 사람이 그 사실을 안다손 치더라도
그것이 사실이라면
어떻게 하겠습니까.

모든 사람이 다 모른다손 치더라도
그것이 사실이라면
또
어떻게 하겠습니까.

모든 사람이 다 모르고
나 혼자만 알고 있다손 치더라도
그것이 사실이라면
어떻게 하겠습니까.

모든 사람이 다 모를 뿐만 아니라
나도 다 잊어버렸어도
그것이 사실이라면
또 어떻게 하겠습니까.

모든 사람이 모르고
나도 모른다고 하더라도
그것이 사실이라면
정말 어떻게 하겠습니까.

다만 모든 사람과 내가

모를 뿐
여전히 사실은 사실이니
사실을 어떻게 합니까.

부정해도 안 되고
알리바이를 세워도 안 되고
알고도 모르는 척해 줘도 안 되고
몰랐어도 안 된다면
어떻게 하면 되겠습니까.

다만
여기
한 가지 길이 있습니다.

사실이 그렇게 강인强靭한 것이라면
나도 그와 반대되는 사실을
만들어서
싸움을 붙여 전취戰取하는 길밖에
어디 있겠습니까.

하나로 안 되면
둘로

둘로 안 되면

셋으로 말입니다.

묵은 사실을

새 사실로

모르는 사실을 아는 사실로

아는 사실을

모르게 하는 사실을

만들어서 말입니다.

__1968/5/4 미주 아이오와 디모인(Des Moines, Iowa)에서

사실事實 II

아무리 부정하고 부정해도
그것이 사실이니 좋습니다.

어떤 증거를 하나라도
세울 수 없어도
그것이 사실이니 좋습니다.

모든 사람이 부정하고
부정해도
그것이 사실이니
좋습니다.

모든 사람이 부정할 뿐 아니라
모든 사람들이 그 사실을 잊어버렸어도
그것이 사실이니
좋습니다.

모든 사람이 잊었을 뿐 아니라

그것을 한 사람도
모른다고 할지라도
그것이 사실이니
좋습니다.

다른 사람이 모를 뿐만 아니라
나 자신도
내가 한 일을
다 잊었다고 할지라도
그것이 사실이라면
좋습니다.

내가 그 사실을
잊었을 뿐만 아니라
나도 내가 한 일을
모른다고 할지라도
그것이 사실이니
좋습니다.

좋습니다.
좋습니다.
그것이 사실이니

좋습니다.

남이 몰라도

좋습니다.

그것이 사실이니

좋습니다.

좋습니다.

좋습니다.

그것이 사실이니

좋습니다.

내가 잊어버렸어도

좋습니다.

그것이 사실이니

좋습니다.

__1968년 아이오와(Iowa)에서

어느 그림의 인간상 人間像

머리카락 휘날리며

광야에

오직한 곳을

바라보며

꿋꿋이 서 있다.

영원에의 전진

늙는 것과
세상을 떠나는 것을
우리는 슬퍼하고
좋지 않게 생각한다.

그러나
그러지 말고
시간의 경과를
전진으로
그리고
더 드높은 지경으로
고양되는 것으로
생각하면
얼마나 좋겠는가.

영원한 자리에로의
옮김으로
드높은 곳으로의

올라감으로

생각하면

얼마나 좋겠는가.

＿1968/6/23

나사렛의 한 목수상木手像

—새 그리스도로지

아무에게도 매인 바 되지 않았던 나사렛의 목수
그분은 결코 우리들을
노예로서 다루지 않습니다.
어디까지나 한 자유로운 인격으로
소중히 여기십니다.
그동안 사람들이 여러 가지로
노예적인 자리에서 고생하고 있는 것을
그분은 끌러 주려고 노력하시는
해방자십니다.

그러니
나는 당신의 종입니다 하는 말을
그분은 제일 싫어하십니다.
그것은
사람들이 노예적인 살림 가운데서
버릇이 돼서 그전에 그 상전에게
아첨하던 버릇을
못 벗어 버리고 하는 소립니다.

그분은 우리들에게

이제부터는

나는 너희들의 친구라고 고분고분히

일러 주십니다.

그러고는

그전처럼 남에게 붙여 살지 말고

독립해서 살아 보라고 하십니다.

그러니

그분은 "나를 믿어 달라"고

요청하시는 것보다

내 속을 좀 알아 달라고 하십니다.

그것은 믿는다고 말할 때는

그에게 기대는 종의 버릇으로

대하기 쉽기 때문입니다.

그러니

그를 그저 믿는다고 말하는 것보다

그분이 말씀하시는 말씀의 뜻을

깨달을 줄 아는 귀를

가지기를 원하십니다.

그분의 인격의 됨됨을
그분의 하신 일을 통해서
볼 줄 아는 눈을
가지기를 원하십니다.

그래서
이제는 나를 모방하지 말고
네가 서 있는 그 자리에서
너희들 나름으로
사람답게 살아가라고 하십니다.
너희들 나름의 창의력을
가지고
삶을 보람차게 해 보라는 것입니다.
남의 흉내를 내지 말고
너는 네 나름으로 너의 생을
창조해 가라고 하십니다.

종으로 살 때처럼
남의 눈치나 보고 살아가지 말고
너희 속에 무한히 퍼져 나가는
힘이 부여되어 있으니
그것을 마음껏 창의력을 가지고

활용하라고 하십니다.

얼마든지 지혜롭게
얼마든지 힘차게
얼마든지 착하게
얼마든지 아름답게 살 수 있느니라라고
부르짖으십니다.

죽음의 슬픔도
죽음의 고통도
오히려 그것이 있기 때문에
사람이 뜻 있게 살 수 있는 것으로
생을 승화시킬 수 있느니라라고
부르짖으십니다.
그러므로 죽음 자체가 두려운 것이
아니라 참으로 두려운 것은
사람 사는 것이 죽는 것보다 못한
떳떳하지 못한 삶이니라고
말씀하십니다.

죽음도 의미 있는 것으로 전환시킬 수 있느니라
죽음도 삶으로

전환시킬 수 있느니라
그러니 세상에
두려울 것이 어디 있으며
극복하지 못할 게
어디 있느냐고 하십니다.
세상에 못 해 낼 일이
어디 있느냐고 하십니다.

그러니 세상에
억울한 일은
사람이 사람답지 못한 일을
하다가 죽는 것이 아니겠습니까.
비굴한 일을 하다가
죽는 것이 아니겠습니까.
이런 의미에서
정말 죽음은
한 사람의 인격이 그 사람의
수치스러운 일 때문에 치명상을
입는 일이 아니겠습니까.
그 사람의 인간상이
부끄러운 모습으로
삭여 가는 일이 아니겠습니까.

사람이 이 세상에서
행하는 일은 항상 하나의 사실로서
그대로 있는 것입니다.
다른 사람이 몰라도
나도 잊었어도
사실은 어디까지나
사실입니다.

세상의 하나의 물리적인 현상도
그것이 두고두고
다른 물건들에게
영향을 주는 것과는
같지 않지마는
하나의 자유로운 인격의 주체자로서
행한 하나하나의 일들은
그대로 사실로서 삭여 가고
있는 것이 아니겠습니까.
자랑스러운 일들은 자랑스러운 그대로
부끄러운 일들은 부끄러운 그대로
좋은 일들은 좋은 일대로
나쁜 일들은 나쁜 일대로

말입니다.

그러고는 마지막 숨을 거둘 때
하나의 결정적인 인간상을
"사실"이라고 하는 엄격성 속에
담아 두고 떠나는 것입니다.
그것을 죽음으로 보지 않고
삶으로 본 것이
부활에의 깨달음이었습니다.

그 제자들은
그분의 죽음의 사실을
통해서
이 부활을 깨달았습니다.
예수의
그렇게 힘차게 산 모습을 통해서
예수의
그렇게 당당하고 자랑스럽게
산 모습을 통해서
예수의 그렇게
맑고 깨끗하게 산 모습을 통해서
그분의 참으로 산 모습을

본 것입니다.

그분의
거룩하게 산 모습을
통해서
이분이 그저 사람이 아니라
하나님의 아들
아니 하나님 자신이었다고
결론을 내린 것입니다.

그분이 신이었다는 결론은
그분이 높다는 데서가 아니라
그분의 그처럼 낮아진 데 있습니다.
그분이 신이라는 것은
그분이 전능하다는 데
있는 것이 아니고
그분이 그처럼 가장 약한 자처럼
돌아가신 데 있습니다.
그분이 신이었다는 결론은
죽음을 몰랐다는 데
있는 것보다
그처럼 죽음으로

삶에

새로운 의미를

불어넣은 데 있습니다.

__1968/11/6 테네시 주 내슈빌(Nashville. Tennessee)에서

사진寫眞

사진은 봐서 뭘 합니까
그대는
보면 볼수록 사진 속에 뒷발걸음질하여
도망쳐 버리고 맙니다.
그래서 나는
그대 사진 앞에서
눈을 감아 버리고 맙니다.
그러면
어느새 그대는
내 곁에 와서
등을 두드립니다.

그러면 눈을 떠 보지요.
내가 눈을 뜨자마자
그대는 어느새 눈치채고
또 뒷발걸음을 쳐서
물러가 버리고 맙니다.
그러니 나는

그대의 사진 앞에서

늘 눈을 감고 있을까요.

그리고 그대가 다가와서

내 등을 두드리는 것을

기다릴까요.

사진 속에 그대는

고개를 흔듭니다.

그것도 싫다는

의미가 아니겠습니까.

그러면

어떻게 하면 좋겠습니까.

그대의 사진 앞에서

나는

눈을 떴다가

그리고

감았다가 할까요.

_1969/3/2 테네시 주 내슈빌(Nashville. Tennessee)에서

자유自由의 노래

어떤 사람이 내게
"자유가 무엇이냐"고 묻는다면
나는 이렇게
대답하고 싶습니다.
"자유는 사랑하면서
행동하는 것이다"라고.

사람이 농사짓는 것을
사랑한다고 말할 만치
즐겨서 종사한다면
그는 농사짓는
그 순간이 바로 그에게 있어서
자유로운 때인 것입니다.

사람이 무엇을
손으로 만드는 것을
사랑한다고 말할 만치
즐겨서 만들고 있다면

그에게는 그가 무엇을
손으로 만드는 순간이
바로 자유로운 때인 것입니다.

사람이 장사하는 것을
사랑한다고 말할 만치
즐겨서 종사한다면
그에게는 그때가
가장 자유로운 때일 것입니다.

글을 짓거나
그림을 그리거나
사색에 잠기거나
하다 못 하면
산에 가서
나뭇가지를 줍는 일이라도
그가
정말 사랑하면서
그런 일을 하고 있다면
모두가 다
그 사람에게는
자유로운 때입니다.

그런데
어떤 사람들은
자기가 하고 있는
일에 아무런 재미도 없이
그저 무슨 다른 이유 때문에
끌려서
하고 있는 사람이
얼마나 많습니까.

그것은 바로 종살이에
불과하며
무엇에 끌려다니면서
사는 일이 아니겠습니까.

그런데 여기서
구별해야 할 것은
사랑하면서
무엇에나 종사하는 것과
자기 맘대로 하는 것입니다.
자기 맘대로 하는 것이란
방종을 의미하는 것이요

자기가 자기의 종이 되어 있는 것이니
참말로는
자유롭다고 말할 수는
없습니다.

그래서
참말로
자유로울 수 있는 일이란
사랑하면서
할수 있을 때만이
가능한 것입니다.
또 그런 사람이
가장 행복되다고
말할 수 있을 것입니다.

그러니
사랑의 범위가
넓어지면 넓어질수록
그 사람은
자유로운 사람입니다.

어떤 사람이고

사랑할 수 있다면
무슨 일이고
사랑하면서 할 수 있다면
얼마나
좋겠습니까.
그에게는 그만치
자유로우니
말입니다.

가장 미약하고
미천한 그 누구도
거기서 가치를
발견하고
굴러다니는 돌 하나에도
작은 티끌 하나에도
거기서 무엇인가
뜻 있는 것을
발견할 수 있다면
우리의 마음이
그저야 지나갈 수 있겠습니까.

그러면 거기를 향해서

손으로 만져 보고 싶고

유심히 들여다보고 싶고

귀를 종그리고 듣고 싶고

사랑하고 싶어질 것입니다.

__1970/2/10 테네시 주 내슈빌(Nashville, Tennessee)에서

제2부

슐리얼리스트의 노래

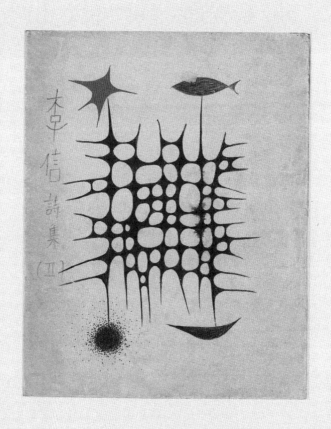

계시 I

흰 구름이떠 온다.
그리고 흰 구름이 점점 가까워지더니
하늘에 한 SENTENCE를 계시한다.
그것은

신은 간밤에 처녀와
결혼했는데 하루 사이에
아들을 낳아
이름을 HALOM(חלום)이라고 하니
이가 모든 인간들에게 어디서 오는지
모르게 살짝 내려와서
온갖 의미를 부여한다.

이것은 정말 일순간의 일이었기 때문에
이것을 해독한 사람은 세상에 한 사람밖에 없다.

계시 Ⅱ

파랑새가 물고 온 잎사귀에

푸른 잉크로

푸른 하늘 위에서

전쟁이 났는데

그것은 인간의

최고로 발달된 무기로

어족을 향해 도전한 것이라는데

그 싸움은 여간 지루한 게 아니란다.

그러다가

하늘가에서

BOH! 하고 소리를 내니

싸움터를 퇴진해서

제자리로 돌아가 버렸다고 한다.

계시Ⅲ

오늘이 설이라는데
사람들은
절기를 잊고 놀다가
갑자기
땅에서 출현한
책을 한 권 읽더니
그만 각자의 집으로
돌아가서 준비하고
일터로 나갔다.
그러나 웬일인지
모두 하품만 하다가
또다시 그 책의 글귀를
상기하고는 기도를 올리고
또 올리고 또 올리고 하다가
날이 저물어
함정 속으로 피해 들어가야만 하는
무서운 소식을
들었다고 말하면서
집으로 돌아간다.

너와 너 나와 나

너는 나와만
있는 것이 아니라
너는 너와 있다.
나는 너와만
있는 것이 아니라
나는 나와 있다.

너는 나와만 있을 때
부끄러운 것이 아니라
너는 너와 같이 있을 때에도
부끄러울 것이고
나는 너와만 있을 때
부끄러운 것이 아니라
나는 나와 있을 때도
부끄러워한다.

너는 나와 있을 때만
자랑스러운 것이 아니라

너는 너와 있을 때도
자랑스러운 것이고
나는 너와 있을 때만
자랑스러운 것이 아니라
나는 나와만 있을 때도
자랑스럽다.

너 나 할 것 없이
나 너 할 것 없이
모든 너는 너의 너요
나는 나의 나니
너의 나도 되고
나의 너가 된다고 할지라도
그와는
멀어질 필요가 없다.

너는 너와
악술 청하고
나는 나와
악술 청할 때
너와 나는
악수를 하게 될 것이고

나와 너는

웃을 것이다.

__1972/4/13

'이것'과 '그것'

당신은 그렇게도 소리 높여
"이것이 그것이다"라고 말하였지마는
나에게는
오히려 '이것'은
'이것'일 따름이고
'그것'은 '그것'일 따름이다.

'이것'이 '그것'이 되려면
'이것'이 둔갑을 해서
'그것'이 될 수밖에 없는데
여전히 둔갑한 것은
못 벗으니
　'그것'이 됐다고 치더라도
　'이것'은
　'그것'이다
라고 하는 말은
그 탈을 벗기울 날이 있을 것이다.

사실은
'이것'이 '그것'이다라고
말할 필요도 없이
다 '하나'밖에 없다라고
말해도 무방할 것이지마는
그래도
온통 '하나'면 '하나'이지
무슨 여러 소리가 많은지
모를 일이라고
말한다면
두 번 또 다시 말할 말이
없을 것이다.

그렇지마는
'하나'는 '하나' 대로
있을 수가 없으니
자기 몸을 쪼개서
다른 상대를 만들어서
'말'을 걸 것이지마는
그렇게 되면
오고 가는 '말'이
많을 것이기 때문에

'하나' 그대로가 좋다고
'생각'에 잠기다가
밤을 새우고 만다.

이렇게 '생각'이
찾아와서 나를
괴롭히나
'말' 소리가 들리지 않는
조용한 작업이니
오히려 좋다고 '생각'을 해도
여전히
'생각'은 조용한 작업이라기보다
부끄러운 장난이니
'생각'에서
동떨어진 '생각'을
'생각'하다가
나머지 날을 보낸다.

__1972/10/30

'피—스'의 죽음

젖도 떼기 전에
어미를 잃은 너는
어디서 찾아온 동정同情이길래
젖꼭지를 사서 물려 줘도
오히려 아쉬워서
따스한 아랫목을
안겨다 주었느냐.

그러길래
종당에 배를 앓고
어미의 젖꼭지를
못 잊어 땅에 붙은 채
세월을
거꾸로 기다가
눈동자만 커가고
사람의 눈치를
훔치곤 하지 않았느냐.

그래도
'바둑이'를 만난 뒤에는
제법 어른답게
그를 꾸짖고 있었고
잃었던 세월을
되찾아
뛰기도 하며
짖기도 하고
'병식'이 손엣것을
낚아채던 너 아니었더냐.

날 때부터 슬프던 너는
뭣 때문에
그처럼 또 고통스러운
배를 앓고
달빛을 향해 짖지도 못한 채
차가운 눈길을 걸어 보지도 못하고
떠나는 것이냐.

산청山淸의 양지바른 곳을
너의 안식을 위해
너를 묻었으니

차가운 흰 눈이 내리면

달을 향해

마음껏 짖기나 하여라.

__1972/11/2 '피-스'가 죽은날

기도

마지막 단 한 번만 있을
기도를 위해서
나를 기도하지 않게 하라.
그 진실된
순간을 위해서
긴 뱃고동 소리마냥
나의 모든 허위를
잊게 하여라.

저렇게 맑은 하늘도
저렇게 푸른 산도
저렇게 평온한 바다도
내 그 마지막
숨결 소리를
지켜보느라고
그 목소리를 가다듬는데
난들 이 한순간을 위해
준비하지 않겠느냐.

부한 자는 부한 대로
가난한 자는 가난한 대로
마음에 바라는 바가
있거니와
난들 저 하늘 구름처럼
저 별빛처럼
되기를 바라지 않겠느냐.

누구와도 다르게
누구와도 못지않게
저렇게 맑은 하늘을
쳐다보기를 원했는데
이렇게 공기가 차가우니
맑은 하늘보다
따스한 숨결을
기원할 뻔하였다.

누가 이렇게
짓궂게 문을 두드리니
그렇게 맑은 하늘을
사모하는 마음이

달아날 뻔하다가도
그래도 저 창문 사이로
스며드는 꽃내음이
붉게 물든
고추마냥
나를 익어 가게 한다.

마지막 한 번만 있을
그 기도를 위해
나를 빌지 않게 하여라.
그리고
저렇게 넓은
바다가 내 곁에 와서
오래 기다리지 말도록 하여라.
__1972년

진리가 어디 있습니까

진리가 어디 있습니까.
암만 눈을 씻고 봐도
어디 있는지
보이지 않습니다.
진리가 어디 있습니까.
암만 손을 휘둘러도 어디 있는지
만져지지 않습니다.

진리가 어디 있습니까.
암만 귀를 종그려도
목소리를 들을 수 없습니다.

그렇다면 나는
없는 당신을
이렇게 애절히 찾고 있는 것입니까.
볼 수도 없고
만질 수도 없고
들을 수도 없는

당신을
이렇게 목 타게
부르짖고 있는 것입니까.

당신을
어디 가서 만날 수 있습니까.
당신의 얼굴을
어디 가서 찾습니까.

내 얼굴은
보는 눈 있는 자에게
보이는 얼굴
내 몸은
만질수 있는 손 가진 자에게
만져지는 것
내 목소리는
들을수 있는귀 가진 자에게
들리는 소리

저 풀잎새 하나에도
저 티끌 하나에도
굴러다니는 돌 하나에도

저렇게 미천하게 짓밟히는
지푸라기 하나에도
내 얼굴과 내 목소리는
있는 것

나는
보이는 자에게
보이는 존재
듣는 자에게
들리는 존재

날아라 날아라

공중의
새를 보라
기계도 안 만들고
돈도 안 버는데도
날아다니지 않나.

날개 없는 마음이
공중을 날을 때
새가 되고 벌레가 되고
구름이 되고 꿈이 되고
하여도
푸른 하늘은 맑기만 하면서
넓어진다

새야 새야
자본 없는 새야
새야 새야
기술 없는 새야

누가 너를

공중 없게

만들었느냐

날개 없게

만들었느냐

아무튼

녹두밭 가에

가거들랑

울지 말고

날아라

날아라

* 푸른색 별지에 "자유, 창조"라는 제목으로 동일한 시를
또 적어 놓음(여기서는 "날개 없이"로 되어 있음).

自由·創造

공중의
새를 보라
機械도 안만들고
도도 안 벌떼도
날라다니지 않느냐

X   X

날개있는 마음이
공중을 나를때
새가 되고
구름이되고 꿈이되고
하여도
푸른 하늘은
막기만 하면서
넓어진다.   X   X

새야·새야
技術 없는 새야
누가 너를
공중에게
만들었느냐
날개 얹어
만들었느냐

X   X

아무튼
놀ㅅ밭같에
가지들랑
울지말고
날라라
날라라

길을 걸어라

길을 걸어라
길을 걸어라
기계가 돌아가는
톱니바퀴의 길을
걸어라
불길이 치솟는
그 길을 걸어라
물이 흐르는
그 길을 걸어라
누구와도 상론相論하지 말고
누구와도 만나지 말고
걸어라

자부自負하면서
만들어 놓은
그 기계가 돌아갈 때
모든 것이
죽는다

모든 것이 사라진다
모든 것이 망한다
따스한 숨결이 식는다
식는다

전쟁이 소리친다
그 목소리가 달아나다가
낭떠러지에서 떨어진다
누구와도 다르게
목을 매단다
누구와도 다르게
죽어 간다

피리를 불어도
춤을 추지 않고
가슴을 쳐도
울지 않는 것은
누구의 죄라기보다
그렇게 맑은 하늘이
그을기 시작할 때부터이니
숨이 막힌다
앞이 어둡다

불이 어디 있습니까

불이 어디 있습니까

당장에는 없는 것
눈을 씻고 봐도 없고
손을 흔들어도 없는 것

없어도
있는 것
있으면서 없는 것

돌과 돌이 부딪혀서
나는 것
쇠와 쇠가 부딪혀서
있는 것

어둠의 장막이 내리고
산촌에 길을 막을 때
비치는 불빛

초상화 IV

　상념에 지친 채 늘어진 목을 더욱더 길게 늘이고
공空을 향해 응시하다가 문득 옛날에 있었던 해안
지대의 풍경을 음미하느라고 구둣짝을 벗어 들고
탄소嘆笑를 터뜨리면 자동차 바퀴가 차체에서 벗어
나 굴러가면서 현대의 이론을 전개하느라고 진땀
을 빼는 교수님의 머리칼을 한 가닥만 뽑아 버렸다
고 큰 문제가 야기되어 떠들썩하는 거리에서 나를
손짓함으로 나가지 않고 가만히 있다가 팔짱만 끼
고 서성거리는데 붉은 산에서 구름이 피어오르는
것을 제삼의 구세주 강림이라고 생각하고야 밖을
나가 버린다.

초상화 V

이것은 도대체 표정이라고는 휴지 조각 모양으로 쓰레기통에서 낮잠만 자는데 지나가는 교통순경이 던지고 간 호각 소리 때문에 회오리바람을 타고 하늘로 올라가다가 떨어져서 곱사가 된 등을 어쩔 줄 모르고 가만히 동상 곁으로 살짝 다가가서 회화會話를 걸었는데 대답하기를 여기서는 좀 어색하니 다음 날 조용한 장소에서 만나자는 것이니 어쩔 수 없이 분수가 없는 더 넓은 광장엘 가서 좀 휴식하고 귀여운 대리석상을 파괴할 생각이 나서 급히 택시를 불러 타고 거기를 갔으나 그도 벌써 밀회 시간 때문에 갔단다.

月像 畫(Ⅷ)

神念에지친채 늘어진목을 더욱더끄게흔들며
岸邊을向해 凝視하다가 문득 옛날에 있었든
海岸地帶의風景을 吟味하고 두두짝늘
벗어들고 웃笑을러들으먼 自動車에서가
中體에서벗어나 굴러가며서 現代의理致
을 展開하느라고 진땀을빼는 教授님의
머리칼을 한가닥만 뽑아 버렀다고 큰問題
가惹起되어 떠늘석 좋저리에서 나를 쏟지
함으로도 낫가지 않고 ...가다가 팔장만께
싸성거리대 붙은山에서 구름이 피어오르는
짓을 붓의 栽世스로 降臨이라고 생각하고
뭐를나가 버린다

水月 像 畫(Ⅴ)

이거슨 도데체 表情이라는 休紙쪽가구모양으로
소래기통에서 낮잠반자는데 까나가는 交通巡警
미 병차로 두귀귀소리때문에 화그리바람을다고 하
늘로 흩라가다가 떨어저서 꼽사가 된 등을 어쩔
줄로모르고 가마니 銅像경으로살와서 다가서서 會話
곱진접어서는데 對答하기를 여전이 색하니 다음날
조용한 場所에서 맛싸차 녹것이니 어쩔수없이
맞나가 어없는 더뷔은 廣場에리가서 좀 休息하고 귀
여운 大理石 像을 破壞한싶생각이나서 홀리택시
를 불러타고 저기를가야 하구름널서 있會 時間 가십한다

전위적前衛的 역사의식歷史意識

당신은
정말 당신 노릇을
하고 계시는 줄 아십니까.
당신이라고 하는 한 인격의 주체가
당신 이외의 그 무엇 때문에
당신이 자유로운 결단을 내리는 데
몹시 방해를 받고 있는 것이 아닙니까.
이렇게 당신은
한 번도
제 나름으로 살아가지 못하고
이 세상을 떠난다면
얼마나 억울한 일이겠습니까.

당신은
당신의 창의력을 가지고
무엇인가를 만들어서
다른 사람이
자유로운 인간으로

살아갈 수 있도록 하는 데
도운 일이 있습니까.

당신은
당신의 창의력을 가지고
무엇인가를 만들어서
다른 사람이
즐겁게 살아갈 수 있도록
해 본 일이 있습니까.

당신은
다른 사람의 흉내를 내지 않고
당신의 창의력을 가지고
무엇인가를 만들어서
다른 사람도
당신처럼
창조하는 사람으로
기쁘게 살아가도록
해 준 일이 있습니까.

당신의 과거가
어떤 훌륭한 가족적인 배경이

있었느냐를 묻는 것이 아닙니다.
또 당신이
무슨 글을 닦았느냐고 하는 것을
묻는 것도 아닙니다.
또 당신이
얼마큼 지위를 가졌느냐를
묻는 것이 아닙니다.
또 당신이 얼마만큼
돈을 가졌느냐를
묻는 것도 아닙니다.

당신이
얼마만큼 자유로운 인간으로서
창조적인 일을
해 왔느냐 하는 것을
묻는 것입니다.

오늘날
사람들은
가치평가의 기준을
'자본'이라고 하는
사회 유통 매개물로 환산하여

무엇에든지 '자본화' 잘하는 사람이
제구실을 잘하는 사람으로
생각합니다.
그래서
사람들을 자본주의의
노예로 삼고 목매서 끌고 가고 있습니다.

자본주의 사회가
가치를 자본화하는 바람에
사람들은
진실된 것을
보는 눈이 어두워져서
그 방법이야 어떻게 되었든지 간에
자본 축적을 해야 된다는 생각 때문에
사람답게 사는 것이 무엇이라는 인간성의 요구
를 잊어버리고
'맘몬'의 종이 되어 가고 있습니다.

……

만들어 놓은 현대 문명이라는 이기利器도
오늘날에는 이기라기보다도
인간의 정신력을 좀먹는 흉기로서

인간을 노예화하는 도구로 화해 가고 있습니다.
사람들이 잘살아 보기 위해서
만들어 놓은 사회 제도도
사람을 잘살게 하기는커녕
오히려 그것 때문에
사람들이 싸우고 피를 흘리는
올무가 되어 가고 있으니
이 일을 어떻게 하면 되겠습니까.

얼마나 많은 사람들이
피 흘렸으며
얼마나 많은 사람들이
무참히도 죽어 갔으며
얼마나 많은 사람들이
자기 나름대로 살아가지 못하고
인간으로서의 권리를 빼앗기고
부질없이 짓밟혀 갔습니까.

이제 사람들은 기계가 사람들에게 주는
이득보다는
사람이 기계 치다꺼리를 하기 위해서 빼앗기는
시간이 더 많으며

기계라고 하는 괴물이 주는
압력 때문에 그 앞에 무릎을 꿇고
절할 수밖에 없이 되었으니
어처구니없는 노릇입니다.

이제 사람들은
온갖 힘을 다해서
인간이 기계에게 빼앗긴 인간으로서의 위치를
도로 찾아야 할 때가 왔습니다.
말하자면
이제는 그만 기계 치다꺼리 그만두고
기계를 사람이 사람 되는 데 사용하도록
새 의식을 가져야 할 때가 왔습니다.

사람이 만들어 놓은
제도라는 것도 인격을 전당 잡고
권력을 세낸 무리들이
백성들을 부려 먹고 짜 먹는
연장으로서 삼고 있으니
사람을 위한 제도가 아니라
사람들이 제도 때문에 상처구니가 나고
피를 짜 먹히고 있는 것이 되었습니다.

모든 백성들이 다 골고루

잘 살아가도록 제도가 정말

제도로서 제구실을 못 하고

사람들을 못 살게 하는 쇠울타리가

되어 있으니

큰일 났습니다.

그런 제도 밑에서 좀 작은 기업을

청부 맡은 자들도

종업원들을 뷰로크라시라고 할

마수를 써서

인간이 가져야 할 최소한도의 권리도

앗아 가고 있으니 어떻게 하면 됩니까.

기업을 청부 맡은 그들 자신도

그들의 상전의 눈치나 보면서

상전들의 전쟁 목적을 수행하기 위한 수단물로

서 의 기업이니

어처구니없는 일입니다.

前衛的　歷史意識

당신은

정말 다신 노릇을

하고 계시는줄 아십니까

당신 이라고 하는 한 人格의 主體가

당신 이왜기 그 무엇 때문에

당신이 自由로운 決斷을 내리는데

몹시 妨害를 받고 있는것이 아닙니까

이렇게 당신은

한번도

제나름으로 사라가지 못하고

이 世上을 떠난다면

얼마나 억울한 일이겠읍니까

제3부

돌의 소리

돌의 소리

한국쉬르리얼리슴연구소 중구 삼각동 7의 1 사법서사회관 202호 TEL. 72-3529 1979. 4. 20 〈비매품〉

병든 영원永遠

    그처럼 어두운 밤이 연속되면 하나의 형상도 산천의 수려함을 닮아서 더욱 우습게 영원성을 부각해 내는데 이것은 천하에 없는 미학자들이 입을 모아서의 미심장한 말을 늘어놓아도 그것은 여전히 제 구실을 한다. 사상이 철학을 조소嘲笑해도 별 수 없음으로 생명 있는 한 포기를 하나의 인격 있는 것으로 창작한 다손 치더라도 의미가 형이상학적인 조업操業 때문에 종말론적인 웃음거리를 더욱 우습게 만들 것이니, 여간 재미있는 게 아니다. 삼라만상은 태양에 의해서 조명되는 듯하지마는 사실은 보다 밝은 빛에 의해서 개발되어 가는 것을 시각적인 면에서는 도무지 알지 못한다. 그러나 그것은 그렇게 비극적인 것은 아니다. 보다 비극적인 것이란 시각이 시각노릇을 하려면 빛보다도 오히려 빛 아닌 것에 의해서 보장을 받아야 한다는 것이다. 그러나 그것도 너무 어리석은 일이다. 거울과 거울을 마주 대해 보면 거울 속에 거울이 있고 거울 속에 또 거울이 있듯이 무한히 연장되는 공간의 작난作亂 때문에 오히려 눈이 환각을 일으키기 때문에 지금쯤은 그런 긴장된 이론을 그만두고 보다 선명한 체질적 규명부터 먼저 해 나가야 할 것이다. 그러나 함부로 자유를 행동해서는 안 된다. 자유는 행동에서 취해지느니보다 오히려 자유는 자기 체내에서 소화消化하는 편이 나을 것이라는 예언을 말하여도 그것은 하나의 필요 이상의 역설이기 때문에 오히려 사람들이 귀담아 듣지 않고 자유를 여전히 체내에서 소화시킨다. 그래서 이런 이론이 성립될 것이다.

존재存在가 존재 노릇을 하려면
무無를 침식侵蝕해야 하는데
그것은 정신을 소리 없는 곳으로 보낸 다음
경험적인 투여投與를 계속하면
거기서 퇴락頹落된 존재가
하나의 비아非我의 입장에서
필연적인 태세를 갖추게 된다.

이해理解를 개별적으로
자유주의적 집단 속에 던지면
거기서 돌출해 나온 것이 있는데

그것은 창조적 개혁자의 고함 소리마냥
공동성을 상실하고
생을 소원화疏遠化시킨 다음
깊은 비밀 속으로 본능을
연계連繫시키는 뭉치다.

상징象徵이 시간과 영원과의 관계를
표현하지 못하더라도
이중적인 의미를 가진 인식은
온통 바다 바람을 받아
기묘한 물새 소리를 발한다.
이것이 신의 인격인지
그렇지 않으면 인간의 반발反撥인지
알 수 없다고 회상한다.

　종교적 정열은 하나의 식은땀과 같은 것이다. 아
무리 흘려도 일할 때 흘리는 땀처럼 몸에 좋지 못
하다. 그러나 그것은 흘리기만 하면 몸에 침체되었
던 모든 울화가 일소되는 그런 것과도 약간 다른
의미로 필요 한 것이다. 그러면 과거와 현재가 마주
치는 곳에 어떤 강이 흐른다면 거기다 미래라는 배
를 띄워 장난을 해도 재미있을 것이지마는 이것은

도저히 불가능한 일이니 가치의 특유한 기능을 마련하여 고뇌를 예정대로 대립시키면 거기서 역사가 흘러나올 것이다. 말하자면 시간과 영원의 신화를 다시 만들어 내야 하는 것이다. 신화는 옛날 사람들에게나 필요한 것처럼 생각하지마는 인간은 신화 없이는 일체一切의 진상眞相을 포용하지 못하는 것이다. 말하자면 신화 없이는 우리는 그저 식은 땀만 흘릴 따름이다. 그것은 신화는 피안적彼岸的인 것을 차안적此岸的인 세계에 포로로 잡아와서 적진의 상황을 강제 고문으로 보고받는 것과 같은 것이기 때문이다. 그러면 영원이란 다름 아닌 어린애와 같은 것이다. 또 다른 말로 말 하면 봄과 같은 것이다. 그리고 시간이란 장년기를 넘어선 노인과 같은 것이요 따라서 가을을 넘어선 겨울과 같은 것이다. 우리는 지금 죽음의 Atmosphere 가운데 살고 있다. 이 Atmosphere 속에서는 일체가 치명적 운명 속에 존재하기 때문이다. 그것은 Atmosphere의 소치인지 일체一切의 소치인지는 몰라도 하여튼 일체가 사망의 운명에서 신음하고 있다. 모두가 사망의 독을 마시고 살아간다. 그것이 사망의 독인 줄도 모르고 살다가 어느 연한에 가서는 죽어 버리는 이 비운을 사람들은 비운으로 보지 않고 있다. 이 문제에 대해서 인도의 왕자 한 사람은 심각히 생각했지마는 다만 그 공포에서 떨다가 피한다는 것이 오히려 더 심각히 비운과 마주치도록 되는 진실 속에 함입 되었다. 시간은 변화 없이는 일어나지 아니한다. 일체의 변화 그것을 시간이라고 한다. 그런데 그 변화 가 사망을 향해서 돌진하는 것이기 때문에 영원과 대립되는 것이다. 그러므로 영원은 결코 무변화無變化를 의미하는 것이 아니다. 오히려 더 찬란한 변화가 있는 것이다. 시간이 노인과 같다는 것은 다름 아니라 이 시간이란 상황 속에서는 모든 것이 죽음의 방향으로만 변화해 가고 있기 때문이다. 모든 것이 시들어 버릴 것이다. 모든 것이 퇴색하여 버릴 것이다. 일체가 낡아 버릴 것이다. 일체가 어두움에 밀봉되어 버릴 것이다. 그래서 죽어 버릴 것이다. 이런 방향으로만 유전流轉하는 것이다. 여기는 가을의 찬바람 밖에는 없다. 거기는 냉혹한 것밖에 아무것도 없다. 미움밖에는 없다. 자유와는 반대되는 결정적인 것뿐이요 객체성으로의 퇴화밖에는 없다. 날씨가 가을이 니 별 수가 없다. 거기서 새로운 싹이 터오를 수 없다. 거기는 파괴와 죽음으로의 도정밖에는 없는 것이다.

묵시록默示錄은 참으로 해석하기 어려운 책 가운

데 더욱 어려운 책이다. 그것은 이런 병든 시간 안에서 이 병든 것을 치유해 보려는 부단한 투쟁이 벌어지는 Paradox를 엮어 보이는 책이기 때문이다. 말하자면 그런 비탈길에 선 역사를 그 반대 방향으로 돌이켜 놓으려는 능동적이고 영웅적인 투쟁이 벌어지는 것이기 때문이다. 늙어 가는 것을 젊게 하려고 죽어 가는 것을 살려 보려는 투쟁이기 때문이다. 이것은 보통 투쟁이 아니라 필사적必死的인 투쟁이다. 아니 필사적이라기보다도 이런 말이 가능하다면 필생적必生的인 투쟁이다. 거기는 시간의 시들고 퇴색해 가는 모습이 그대로 회화적으로 묘사되어 있다. 거기는 역사의 죽어 가는 가련한 모습이 그대로 회화적으로 묘사되어 있다. 사실은 가련한 모습으로가 아 니라 참으로 호화로운 모습으로 시들고 죽어 가는 모습이 아이러니컬한 모습으로 자세히 묘사되어 있다. 묵시록은 인류가 기록한 책 가운데 가장 심오하게 표현한 역사철학이다. 그러면서도 영원의 모습을 신화적으로 잘 표현한 계시서啓示書이다. 그런데 시간의 조류도 단순한 것은 아니다. 하나는 절망에로의 비탈길이요 하나는 소망에로의 오름길이다(같은 비탈길이지만). 하나는 절망적인 죽음이요 소망의 일시적인 자취 감춤이다.

하나는 영원히 시들어 없어져 버림이요 하나는 영원한 풍토에서 새로운 열매 맺음을 위한 발아發芽 혹은 개화開花이다. 그러므로 시간의 병듦 가운데도 병들어 영 죽어 버릴 것도 있고 앞날의 쾌유를 위한 취침으로서의 죽음이 있다. 그런데 이 시간에서 영원에로의 길은 연결된 길이 아니다. 이것은 하나의 단층斷層이다. 비약飛躍이다. 또는 질적 차이의 세계에로의 돌연변화Mutation인 것이다. 거기는 새로운 성질의 것이 시간 밖에서 새로이 투입되는 것이다. 이 병든 시간을 치유하기 위한 새로운 약이 투입되는 것이다. 사망을 위해 투하 된 새로운 폭탄이 있는 것처럼 이것은 생명을 위한 다이내믹한 힘인 것이다(번개가 동에서 서로 번쩍이듯이). 생명을 위한 폭발력인 것이다. 이것이 터지면 새로운 변화가 생긴다. 그러면 이것은 어떤 것일까? (하기 유-프뉴마; 지금도 그때라.) 그것은 좀 더 시간의 문제 를 얘기한 다음 말해야 할 것이다. 좌우간 시간은 병들어 있는 것이다. 그래서 시간은 과거와 현재 미래로 분열된다. 그런데 인간의 비극은 이 시간의 분열 때문에 생긴 것은 아니다. 이 시간의 분열은 시간 내에 있는 모든 것의 비참한 상태일 따름이다. 인간의 비참 그것은 객체적으로 논의될 것이 아니라 오히려 주체적인 면에서 논의되어야 할 것이다. 비참은 주체성의 분열을 의미한다. 말하자면 "죽음에의 병"에 걸린 것이다. 이 "죽음에의 병"이 항상 문제다. 그리고 비참의 원인이 된다. 영원에서 시간에로의 타락은 그 원인이 객체적인 데서 추구될 것이 아니라 인격적이며 주체적인 데서 추구되어야 할 것이다. 그러므로 시간의 병의 추구도 역시 주체적인 데서 추구되어야 할 것이다. 묵시록의 필생적인 투쟁은 그런 고로 외적인 투쟁이 아니라 어디까지나 정신적인 투쟁인 것 이다. 이 병든 시간을 치유해 보려는 가장 과감하고도 효과적인 정신적인 투쟁의 모습을 묵시록은 묘파描破한 것이다. 그런데 대한 통찰력 없이 묵시록은 더욱더 난해 가운데 난해의 책이다. 말하자면 묵시록은 시간의 병에 대한 정신적인 투병기鬪病記이고, 모든 역사적 기록물들은 외적인 면에서의 투쟁기라고 볼 수 있다. 왜냐하면 이 우주의 삼라만상은 시간의 이 죽음에 이르는 병 때문에 탄식하고 고통하고 있기 때문이다.

참으로 시간은 병들어 있다. 첫째 아담이 타락한 이후에 시간이 병들기 시작한 것이다. 그때부터 이 우주에는 하나의 삼엄한 Atmosphere가 돌기 시작한 것이다. 그때 죽음에로의 비약이 생긴 것이다.

그리고 만물은 시간의 공포 속에 잠기게 되고 거기서 구출되어 보려고 필사적인 노력을 감행하였다. 그래서 우주는 생生의 대체 혹은 갱신으로 이만큼이라도 유지되어 왔다. 하나의 생명이 죽음에의 공포에 대해서 부단한 노력을 하다가 지쳐서 이 투쟁의 바통을 다음 세대에 넘겨주고 죽어 간다. 그리고 또 그 다음 세대가 또 그 다음 세대가 바통을 이어받아 계속해 갔다. 그러므로 해 아래는 새것이란 있을 수 없다. 다만 거 기는 ……가 있을 따름이다. 다시 말하면 언젠가는 낡아 버릴 수밖에 없는 언젠가는 퇴색할 수밖에 없는 그런 의미에서의 새것인 것이다. 이 시간의 치명적인 병이 모든 것을 이렇게 죽음의 큰 구렁텅이 속으로 몰아넣는다. 만물은 그런 방향으로 유전할 따름이다. 그런 방향으로 변화할 따름이다. 이것이 시간의 죽음에의 노예상이요 이것이 역사의 비극이다. 그러므로 시간은 무한한 것이 아니라, 시간은 어디까지나 종말론적으로 논의되지 않으면 안 되는 것이다. 시간을 종말론적으로 논의하는 것은 결코 시간적인 것이 시간적인 것의 내부에서만 있을 때는 이해할 수 없는 것 이다. 다시 말하자면 시간적인 것의 종국은 영원에 의해서만 그 처음과 종말을 말할 수 있는 것이지, 결코 시간의 도정에 있는 것은 그 처음과 마지막을 알 수 없는 것이다. 그러므로 시간의 종말을 논하는 것은 벌써 영원의 관점에서 말하는 소리다. 따라서 시간의 치명적인 병도 영원의 관점에서 논할 수 있는 것이지 이 오랜동안의 시간의 지병은 그 자체로서는 얼마나 심각한 병인지 이해하지 못한다. 이것은 다만 영원적인 관점에서만 심각히 이해할 수 있다.

＿1965

인격

인격은 어떤 목적을 위한 수단이 될 수 없다. 인격 자체가 목적이다. 그러므로 인격은 인격 이외의 것을 여하한 것이든지 간에 수단으로 삼을 수 있다.

그러므로 인격은 이 우주보다 더 비중이 무거운 것이다. 절대적인 것이 될 수 있다. 인격이 수단으로 전락되면 그것은 죄를 의미하는 것이다. 인격이 인격 노릇을 하지 못하고 비인격적인 것의 도구 노릇을 하게 된다. 그리고 인격에는 죽음이란 없다. 그러므로 사람을 객체적인 면에서 본다면 죽음이 있지마는 사람을 인격적인 주체자로 볼 때 인간은 불사不死다. 부활과 영생은 인간을 이런 주체적인 인격으로 볼 때 말하는 소리다. 다시 말하면 인간이 죽는다는 것은 나의 손 나의 머리 나의 발 나의 몸이 곧 그런 객체적인 것이 죽는 것이지 나는 언제나 나대로 인격적인 주체자로서 생존하고 있는 것이다.

그러나 내가 내 노릇을 하지 못하고 곧 인격이 주체성을 상실하고 어떤 것의 수단물이 될 때 그런 의미에서 그 인격은 죽는 것이다.

부활復活이 의미하는 것

그리스도가 가르친 부활에 대해서 많은 사람들이 오해하고 있다. 부활의 진리는 그리스도의 가르침 가운데 중요한 위치를 점유하고 있는데 이것을 사람들은 하나의 종교적 맹신 가운데 그리스도가 가르친 것과는 딴판으로 자기 해석하고 있는 것이다. 신약성서에 사도들의 기록 가운데도 그들은 많은 오해를 하고 있는 것이다. 사실 예수의 제자들 가운데는 예수가 가르치는 말씀에 대해서 상당히 많은 오해를 한 기록이 종종 보이지마는 그들의 오해는 오순절五旬節 이후에도 여전히 계속되고 있는 것이다. 그 후에 교회의 교리주의자들은 오해한 것을 또 오해했으니 얼마나 오해가 오늘날 기독교 가운데 겹쳐 있는지 알 수 없다.

부활은 어제나 오늘이나 내일 이렇게 분열된 시간 안에서 일어나는 것이 아니라 그리스도가 "지금도 그때라"한 영원 가운데서 일어난다. 말하자면 이것은 하나의 종말론적 의미에서 말씀하신 것이다.

객체적인 것으로 모든 것들이 환각되어 있는 시

간 안에서 부활은 없는 것이다. 이 시간이 종말을 짓고 그 영원 안에서 "인격의 됨됨이" 그대로 부활하는 것이다. 아나스타시스 이것은 도약립跳躍立 상태를 의미하는 것으로 이 시간에서 도약跳躍하지 않고는 안 된다. 이것은 벌써 인격적인 것이 시간을 극복하고 승리하는 것이다. 이것을, 이 비밀을 인격의 확신을 가진 사람은 깨닫는 것이다. 말하자면 기독교의 전통적인 용어로는 "성령을 받은 자"가 깨닫는 것이다. 오늘날 성령의 교리는 사람들이 너무 어렵다고 집어 팽개쳐 버렸는데 신학이 앞으로 해야 할 일은 성령을 어떻게 이해하느냐에 달려 있는 것이다. 성령은 "인격 주체자"를 의미하는 것이지 무슨 딴 의미로 해석될 때 거기 미신이 붙고 오해가 생기고 교파적인 분열이 생긴다. 그러나 기독교는 그리스도의 가르침에 더욱 유의하는 것이 아니고 그리스도의 존재에 더욱 유의하는 것이다. (He set himself to be known as one of Christ's men not by what he said, but by what he was.) 그러나 말씀 없이는 그 존재를 깨달을 수 없는 것이다.

부활은 이 인격적 실존의 영원성을 믿는 신앙에서만 확실한 것으로 비로소 부각되어 올라오는 것이다. "그 됨됨" "그 생김새"는 "믿음"에 의해서만 조정揩定되는 것이다. 그 사람이 어떤 "믿음"을 가졌느냐에 따라 이렇게도 저렇게도 조정揩定된다. 돈이 그 사람의 "됨됨"을 조정 못 한다. 그 학식이 이"사람 됨"을 좌우 못 한다. 그 지위가 "사람됨"을 조정 못 한다. 그 "사람됨"은 다른 근원에서 조정되어 있는데, 이것이 "믿음"이다. 믿음은 그렇다고 불변의 것은 아니다. 사람에 따라 그 믿음의 내용이 다르고 심도가 다르고 그 모습이 다르다.

　신약성서는 사도들의 믿음의 서술이다. 그 믿음의 조목이 불변한 것은 아니다. 그것은 어디까지나 그들의 믿음이다. 그러나 각자는 각자의 믿음을 가질 권리를 가지고 있다. "믿는 대로 된다." 믿는 대로 실존한다. 믿는 대로 일이 이뤄진다. 이것은 인격의 구성構成이 믿음에 근거하고 있기 때문이다. 사도들은 우리에게 믿음의 윤곽을 어렴풋이 주지마는 전모를 주지 못했다. 그러나 그 윤곽 없이 믿음을 종잡을 수는 없다. 그런 의미에서 그들의 증언은 가치 있는 것이다. 그런 의미에서 "그들의 믿음"은 새로이 해석되어야 하고 새로이 계시되어야 하는 것이다. 그러므로 부활은 새로 해석해야 한다. 부활의 믿음은 새 믿음으로 갖추어야 하는 것이다.

　사람은 부활을 못 믿을 때 가장 비참한 존재로

낙착되고 만다. 말하자면 인격이 인격 노릇을 못
하고 정말 죽는 것이다. 사람이 보통 두려워하는
죽음은 사실은 두려워할 것이 못 되고 그런 인격적
의미에서 말하는 죽음은 참으로 두려운 것이다.

　　__1966/11/8 미국 네브라스카 주 노-포크(Norfolk, Nebraska)

　　에서

객체적客體的인 것의 환각幻覺

모든 것을 우리는 객체적으로만 보고 생각하고 거기에 표준해서 산다. 이것은 큰 환각이다. 이 환각 때문에 영원은 우리에게 가리워 있는 것이다. 그러나 늘 가리워 있는 것은 아니다. 이따 가면 구름 사이로 태양빛이 새어 나오듯이 그 위대한 예언자들, 사상가들, 예술가들에 의해서 이 환각이 깨지고 이 객체적인 것의 막후를 들춰 보게 한다.

주체적인 세계에는 죽음이 없다. 이별이 없다. 거짓이 환히 들여 비치는 투명한 곳이다. 이것은 인격이 왕 노릇하는 곳이다. 속일래야 속일 수도 없고 숨길래야 숨길 수 없고 갈라놓을래야 갈라놓을 수도 없고 그저 그대로 살아 있는 것이다.

사도들의 오해

신약의 사도들은 그리스도의 말씀을 좋은 의미에서 오해하고 있다. 또는 오해받고 있다. 그들은 자주자주 오해하였다고 신약은 지적하고 있다. 오순절五旬節 이후 이들의 태도는 많이 달라지기는 했지마는 그래도 아직 그리스도의 말씀의 진의를 오해하고 있는 것이다. 그것이 이들의 신앙으로 굳어지고 오늘날 우리가 보는 것과 같은 신교 형태로 우리에게 전래된 것이다.

신앙은 여러 가지 형태를 가지고 있는 그 근본은 하나일는지는 몰라도 신앙의 표현, 신앙의 이해, 신앙의 형태가 여러 가지다. 이 신앙의 형성이 그 시대의 세계관, 개인의 생활 태도, 인생관, 세계관 등에 의해서 여러 가지로 형성되며 표현된다. 이런 의미에서 신앙은 하나이지마는 또한 여러 가지라고 하는 역설 이 가능한 것이다.

그리스도는 인격적이며 주체적인 입장에서 말씀하고 있는데 그 후대 사람들은 이것을 잘 모르고 객체화하고 있는 것이다. 말하자면 부활復活이나 이적異蹟은 객체적인 현상으로 생각할 때 큰 오해가 생긴다. 부활의 참 의미는 요한이 서술한 대로 "내가 진실로 진실로 너희에게 말하노니 내 말을 듣고 나를 보내신 분을 믿는 자는 정죄定罪에 이르지 아니하고 죽음에서 생명으로 통과하였느니라. 진실로 진실로 내가 너희에게 말하노니 때가 이르러니와 지금도 그때라."(요 5:24-25) 부활은 과거와 현재와 미래로 분열된 시간에서 이뤄지는 것이 아니고 영원한 사실인 것이다. 이것이 그리스도가 우리에게 제시한 진리인 것이다. 인격의 불멸, 인격의 승리, 인격의 영원한 "있음" 이것인 것이다. 한 마디의 말, 한 발자국의 내디 딤, 한 손발의 움직임이 이런 인격적인 의미로는 영원 속에 불멸의 것으로 조각되어 가고 있는 것이다. 부끄러운 모습을 영광의 모습으로 삭여 가고 있는 것이다. 이에 대한 확신이 그리스도가 말씀하신 신앙인 것이다. 이것이 오해되고 와전되고 또 잘못 형태지어 지고 하여 기독교 신앙은 그 모습이 그리스도가 말씀하신 것과는 딴 판으로 변형된 것이다. 이것을 바로 잡아야 한다.

죽음은 객체적인 것의 사별이 아니라 인간에게 있어서의 죽음은 인격의 말살인 것이다. 이것이 영사永死인 것이다. 이 말살된 인격이 그리스도의 말씀에 의해서 그 인격의 권위와 품격을 도로 찾는 것이다. 이것이 그분의 용서容赦의 선언에 의해서 용기를 얻고 되살아나는 것이다. 새 힘을 얻는 것이다. 새로워지는 것이다. 죽음은 있을 수 없다고 하는 확신 을 얻는 것이다.

주시는 자

우리에게 있는 모든 것은 하나도 "주시는 자"에게서 받지 않은 것이 없다. 내 몸을 내가 만든 것도 아니고 내 마음도 내가 마음대로 지어내는 것이 아니고 이 주시는 자에게서 받는 것이다. 내가 이 시대에 태어나고 내가 이런 국적을 가지고 내가 이런 형편 속에 주셔서 가짐이 된 것이다. 이 주시는 자는 전에만 주신 것이 아니고 지금도 간단없이 주시고 있는 것이다. 이렇게 모든 것을 주신 것으로 생각할 때 세계를 보는 눈은 달라진다. 우리는 주시는 자의 후손이다.

자유로운 선善

우리가 하고 있는 무슨 도덕률의 기준이 그러니 거기에 따라서 행하는 것도 아니요 하나님이 강요하시니 그렇게 하는 것도 아니다. 하나님은 우리에게 그렇게 노예의 입장에서 섬기기를 원치 않으시고 자원하는 마음으로 그를 섬기기를 원하시는 것이다. 착하고 아름답고 참된 마음을 우리에게 주셔서 그것을 스스로 원하는 마음으로 행하기를 즐겨하시는 것이다.

이 주시는 자는 그런 것을 가장 좋은 선물로 우리들에게 주셨다.

세상에 가장 즐거운 일은 좋은 일을 원하는 마음으로 해 나가는 일이다.

그 마음이 있는 곳에 하늘의 문은 열린다. 새 하늘과 새 땅이 열리게 된다.

이것은 항상 새로운 것이다. 거기는 낡아짐이 없다. 새로운 아름다움 새로운 선 새로운 진실이 늘 우리를 맞이하는 것이다.

영원한 신인新人들이 모여 사는 곳이다.

영원한 젊음만이 거기는 깃드는 것이다.

돌의 소리

"돌이 소리친다"는 것을 누가 발설한 소리인지 이것은 참으로 장관을 자아내는데 그것은 이 소리가 단순히 요즘 사람들을 심판하는 소리요 또 어처구니없는 논리를 말하는 것이라고 이해한다면 그것은 여간 오해가 아니다. 그것은 "돌"이 소리치는 것을 들을 수 있는 사람은─상투적인 논리를 갖고 말하고 생각하는 사람들에게는 여간 부담이 가지 않기에 그렇겠지 마는─말하기를 이런 초현실超現實의 소리를 의식하는 것은 우선은 현실에서 형편없이 좌절당하고─그것은 비단 생활의 어려움 때문만이 아니라 요즘 세상 같은 풍요도 그렇지마는─무엇인가 결정적인 것을 구하는 것을 넘어서 절대의 것을 탐색하는 사람들에게 문제된다고 말한다.

사실 말이지 쉬르리얼리슴을 한답시고 천하에 없이 첫 모임을 가졌으나 모두들 생긴 모습이 꼭 쉬르적으로 생겨서 우리들은 운명적으로 쉬르리얼리슴을 문제 삼을 수밖에 없도록 생겼다. 그것은 어느 누구가 강요한 것도 아닌데 절실히 우리 속에서 요구되는 것이었고 또 우리가 다다른 결론이 그렇게 영적靈的으로 되지 않으면 안 되게끔 되었다.

　동양의 노장老莊은 앙드레 브레통André Breton 이 〈쉬르리얼리슴의 선언〉을 내기 수 세기 전에 벌써 쉬르적인 선언을 한 사람들이니 더 말할 것도 없고 또 옛날 우리네의 그림이나 글 들은 쉬르적이 아닌 것이 없다. 그중에서도 허균許筠인가가 쓴 『홍길동전洪吉童傳』 같은 것은 초현실의 세계를 왕래하는 영웅을 그렇게 거침새 없이 그려냈으니 여간 장관이 아니다.

　그것은 그렇고 원래 초현실 사상의 발설자라는 사람들이 동양인이었다고 말함 직하지마는 하기야 모리스 나디우Maurice Nadeau인가 하는 사람이 『쉬르리얼리슴의 역사』라는 책을 쓸 때에 "동양의 현자들은 벌써 쉬르리얼리스트가 내건 제 문제에 대해서 확고한 답변을 주지 않았던가? 논리와 기계론적 지식과 최후로는 서구에 지상권至上權을 주는 모든 것, 과학의 무미건조한 분류 구획 등을 과격한 방법으로 파괴하든지 완전히 잊어버리고─그러나 아주 모르는 것을 잊을수 있단 말인가?─그 대신 이들은 참으로 완전한 행복?흔한 이상이지마는─

적어도 완전한 자유 속에 사물의 본질이나 통전의 정신과의 끊임 없는 영적 교류 속에 살아온 사람들이라고 생각한다."라고 말하였지마는 적어도 쉬르리얼리슴은 동서를 가릴 것도 없고 절대의 합일점인 Surrealite를 물질과 정신, 의식과 무의식, 신화와 역사, 성과 속 등의 통전계統全界를 추구하는 것이니 이런 것 저런 것, 이런 사람 저런 사람이 다 합할 수 있는 대로 합할 수 있는 것이 여간 좋은 것이 아니다. 그런데 탈이 있다면 서양은 분석하고 갈라놓기를 좋아하고 동양은 무엇이든지 전체적으로 보려고 하고 하나로 보려고 한다고 말할 수 있을 법하지마는 요즘은 동양도 서양 못지않게 무엇이든지 갈라놓으려는 버릇을 습득하였으니 이 버릇이 언제까지 갈 것인지 모르겠지마는 그거 때문에 분열이 생기고 싸움과 다툼이 생겨서 온통 야단법석들이니 이때야말로 사람들의 의식의 혁명이 요청된다고 말할 수 있을 것이다.

말하자면 쉬르리얼리슴은 "인간의 전면적인 해방"이라는 것을 내세우는 것이기에 V자 세 개를 합친 VVV자를 창조하고 사람이 "살기에 적합한 세계로 돌아가자는 열망으로서의 V(승리) 곧 현재 지상에 맹위를 떨치고 있는 역행과 죽음의 세력에 대한 승리뿐만 아니라 이중의 V 즉 이 최초의 승리를 극복한 V, 인간에 의한 인간의 노예화를 영구히 존속시키려는 것에 대한 V, 또는 이 VV, 이중의 승리를 넘어서 인간의 해방이 그 선결조건인 정신의 해방에 대립하는 일체에 대한 V⋯⋯"(VVV 선언)를 선언하기에 이른 것인데 그러자면 이만저만한 정력과 돈이 있어야 한다고 말 할 것이나 그것은 쉬르리얼리슴의 낙관이 그것을 허용 못 하고 다만 할 수 있다면 사람들의 자발 의식을 불러일으키는 것인데―이것이야말로 참으로 역동적 인 힘이라고 본다―예술이라는 것 종교라는 것이 하나의 매개체를 담당하고 있지마는 종전의 것들은 사람들의 병에 약효가 잘 나는 것 같지 않으니 이런 새로운 처방을 하게 된 것이다.

이것은 우리 몇 사람이 말하지 않더라도 길가에 "돌"이라도 소리를 지를 것이라고 생각하는 것이기에 "돌의 소리"라고 이름하였지마는 "이름하여 이름 지을 수 있는 것은 떳떳한 이름일 수 없는 것"이기에 이것은 어디까지나 임시로 그렇게 붙여 본 것이라고 말할 수 있지마는 현실적으로는"돌"이 소리지를 수 없는 것이지마는 그런 초현실로는 길가에 "돌"도 소리 지를 수 있는 것이고 또 응당 그렇게 의식 구조를 어차피 돌이켜 놓은 것이니 "떳떳한 이름"이라고 생각해도 좋다. 그러므로 여기서 말하는 소리는 그런 의미에서 발설하는 것이니 여간 간편한 것이 아니고 요즘 어른들에게는 동화童話라는 것이 절실히 요구되는 시대이니만치 이 소리는 그런 소리 곧 "어른들을 위한 동화"가 될 것이고 심각하게는 철학의 논 리로는 이 논리를 해석할 수 없고 다만 초현실을 의식하는 사람만이 의식할 수 있는 그런 말만을 발설하는 그런 괴상한 소리일 것이다.

사실 요즘 사람들에게는 다툼만 자아내는 논리를 구사하기 때문에 그런 이론을 기대하는 사람들에게는 잘 통하지 않을 것이나 좌우간 하늘을 마시고 동시에 땅에 발을 딛고 선 사람치고는 누구나 통할 수 있다고 생각하고 이런 기상천외의 소리를 함으로 모두가 손에 손을 잡고 웃으며 초현실의 평화와 자유를 갖자는 것이다. 이것은 말하자면 "이리가 어린 양과 함께 거하며 표범이 어린 염소와 함께 누우며 송아지와 어린 사자와 짐승이 함께 있어 어린아이에게 끌리며 암소와 곰이 함께 먹으며 그것들에게 끌리며 그것들의 새끼가 함께 엎드리며 사자가 소처럼 풀을 먹을 것이며 젖 먹는 아이가 독사의 구멍에서 장난하며 젖 뗀 어린아이가 독사의 굴에 손을 넣을 것이라"는 소리는 사실 말이지 요즘 현명하다는 사람들에게는 얼토당토않은 소리로 들릴 것이다. 그러나 그들의 이론으 로는 더욱더 전쟁과 다툼만 자아내기 때문에 "돌의 소리"와 같은 소리가 필요하다.

그런 의미에서 쉬르리얼리슴은 "환시광석학幻視鑛石學"이라는 비상한 말을 했는데 나는 여기서 "이언적異言的 광석학鑛石學"이라는 말이 더욱 우리가 말하려는 뜻에 적합한 것으로 사료되나 이것은 도시 요즘 사람들에게는 이해가 안 될 것이고 앞으로 어느 세대의 사람들의 귀에 낯익은 소리로 들리기 쉬울 가능성이 많다고 본다.

그러나 오늘은 내일을 부르고 내일은 오늘을 부르기 때문에 이것은 미래의 귀에만 낯익은 소리일뿐만 아니라 현재의 귀에도 어떤 사람들에게는 들릴 수 있는 소리일 것이라고 생각하고 좌우간 발설해 보는 것이다.

＿한국쉬르리얼리슴연구소 1979/4/20

복음은 "예수가 우리와 함께하심"이다

복음은 기계적인 도덕주의가 아니다. 그것은 우리가 만일 바리새주의로 전락되지 않을 때 발견되는 "생명력"을 속에 감춘 하나의 종자와 같다. (Néstor Paz, Christian, *The Guerrilla Journal*)

1.

"우리의 하나님 야-웨, 복음의 그리스도는 '인간 해방의 기쁜 소식'(good news of the liberation of humanity)을 선포하셨고 또 그렇게 행하셨다. 우리는 양떼들이 굶주리고 고독 속에 잠겨 있는데 그들의 처소에서 자기 나름대로 잘살고 있는 추기경이나 감독이나 목사와 같이 안연晏然히 앉아서 복음서만 읽고 있을 여유가 없다. 이런 자세를 일러서 '비폭력'이니 평화니 복음이니라고 말한다. 그러나 유감스럽게도 이런 사람들은 현대의 '바리새교인'이라고 말함 직하다." 이 목소리는 볼리비아Bolivia의 스물다섯 살 먹은 청년이 조국의 자유와 평등과 잘사는 것을 부르짖다가 굶어 죽으면서 외친 소리의 한 토막인데, 이 목소리는 커서 단번에 온 세계에 울려 퍼졌고 지금 도 울려서 여기까지 와 닿고 있다. 분명 이 복음서에는 "주의 성령이 내게 임하셨으니 이는 가난한 자에게 복음을 전하게 하시려고 내게 기름을 부으시고 나를 보내사 포로된 자에게 자유를 눈 먼 자에게 다시 보게 함을 전파하며 눌린 자를 자유케 하고 주의 은혜의 해를 전파하게 하려 하심이라."(누가 4:18-19)고 하였는데, 요즘 와서 복음은 "가난한 자"에게 속한 것인데도 부富한 자 권세 있는 자의 것인 양 기독교도 별수 없이 옛날 케케묵은 특권의식으로 후퇴하고 있으니, 이것은 이만저만 예수님의 정신과 어긋나는 노릇이 아니며, 또 요즘 종교 지도자—나는 감히 여기서 종교라고 하는 말을 사용한다—라는 사람들의 삶의 자세가 그들과 어울려서 "한 자리나 해먹으려는" 식으로 덤비며 또 요즘 유행하는 말로 "한탕 톡톡히 해먹자"는 식으로 되는 것 같으니 이 젊은이의 말은 어쩌면 오늘날 우리에게 내리는 하나님의 목소리인지 모르겠다. 복음이 선포되는 곳에는 항상 해방이 있는 것인데 포로된 자들이 자유롭게 되며 눌린 자들 이 그 눌림에서 풀려남을 받는 것이요 마음에 상처를 입고 갈기갈기 찢긴 자들이—누가복음 4장 18절 말씀은 어떤 사본에는 "상처받은 마음을 고친 것"($\iota\grave{\alpha}\sigma\alpha\sigma\theta\alpha\iota$ $\tauο\grave{\upsilon}\varsigma$ $\sigma\upsilon\nu\tau\epsilon\tau\rho\iota\mu\mu\acute{\epsilon}\nu\upsilon\varsigma$ $\tau\grave{\eta}\nu$ $\kappa\alpha\rho\delta\acute{\iota}\alpha\nu$)이라는 말씀이 들어 있다—그런 고통의 상태에서 풀려남이 되는 것이다. 그런데 동족이 그런 상태에 놓여 있을 때 그대로 앉아서 바라볼 수 있어서는 안 되는 것이고 무엇인가 그런 억울한 사정을 풀어 주도록 행동으로 옮기는 일을 해야 한다는 것인데 그는 또 이렇게 말을 한다.

2.

그는 카밀로 토레스Camilo Torres의 "그 이웃을 사랑하는 자는 율법을 이루느니라"라는 말을 인용하면서 "이 사랑이 순수하게 되기 위해서는 효능 있는 것이 되지 않으면 안 된다. 자선 사업이나 구제나 수업료 무료 학교나 주택개발 사업—자선 사업이라는 이름으로 진행되는 모든 일들—등이 굶주리는 대중을 다 먹여 살릴 수는 없고 또 헐벗고 있는 대중을 입힐 수 없고 무식한 대중을 다 가르칠 수 없다. 그렇다면 우리는 대중의 복지를 달성하기 위한 효과적인 방법을 모색하지 않으면 안 된다. …… 그러므로 혁명이라는 것은 단순히 하나의 가능한 길이 아니라 현실적으로 모든 민중을 위해서 혁명만이 유일하게 그들을 사랑하는 효과적이고 완전한 방법인 것을 아는 크리스천들에게는 마땅히 그렇게 해야 할 의무인 것이다."라고 하였다. 그의 말은 상당히 강력한 것이어서 그를 볼리비아의 정글 속에 출몰하는 게릴라 부대에 가담하도록 만들었고

소리, 언어, 목소리

우리가 전혀 이해하지 못하는 외국어를 듣는 경우 우리는 그 '소리'는 들으나 그 '말'은 알아듣지 못한다. 또 어떤 사람을 전혀 알지 못하는데 그 사람의 말하는 소리만 들었을 때 그가 말하는 '말'은 알아듣는다고 할지라도 그 사람의 '목소리'는 다른 사람의 '목소리'와 구분할 수 없다. 우리가 듣는 '목소리' 가운데 어머니의 '목소리'나 친구의 '목소리'는 여간 반가운 것이 아니다. 그러나 그와 반대로 어떤 '목소리'는 여간 우리의 귀에 거슬리고 우리 마음에 언짢은 '목소리'로 들린다.

이렇게 생각할 때 '소리'와 '목소리'는 언어의 구성상 같은 것 같으면서도 여간 다른 것이 아니다. 우리가 사용하는 언어에는 그 언어가 전달하려는 의사 소통상의 의미를 배제해 버린 채 '소리'로만 남아 있는 언어가 있다. 말하자면 그 말을 들어 봤자 그렇고 그런 것이어서 별로 들을 가치가 없는 말들이다. 그 '언어' 사용은 으레 그런 식장式場에서 관례적으로 말하는 '소리'이지 어떤 특별한 의미를 전달하는 것이 못 된다. 원래는 심각한 의미를 담은 '언어'였지마는 오랜 전통을 통해서 그 '언어' 표현이 반복되는 동안 말하는 사람과 듣는 사람들이 아무 깨달음 없이 말하고 듣고 하다가 종당에는 아무 의미 없는 '소리'로만 남게 된 것이다. 이런 유형의 언어 가운데 특히 종교적인 '언어'에 이런 말이 많이 있다. 원래 그것이 반복될 때에는 거기에 상당히 깊은 종교적 의미가 내포되었던 것인데 그것이 역사적으로 긴 세월을 겪으면서 그 의미는 상실해 버리고 반복되는 '소리'만 전해 내려온 것이다. 그래서 종당에는 그 종교적인 언어의 의미는 모르고 다만 그 '어음'語音만 전해 내려오는 것이다.

'말'을 문법적인 형식에 맞춰서 잘 표현할 수도 있다. 또 미려한 문장으로 다듬어서 아름답게 표현할 수도 있다. 그러나 그 '언어'가 언어 표현의 틀에 꽉 짜인 객체object로서 남아 있는 한 그'언어'는 구체적인 나의 실존과는 아무런 상관이 없는 것이다. 그것은 언어학적으로 하나의 문장일 수도 있고 문학적으로 하나의 작품일 수도 있다. 그러나 그것이 현 존재現存在의 실존적 기술記述이 되기 위해서는 언어학적인 짜임새나 논리적인 구조를 초월하는 것이 있어야 한다.

가령 "당신의 아들이 타고 가던 차가 교통사고를 냈소."라는 하나의 *센텐스*를 언어학적으로 분석할 수 있다. 또 논리적으로 따질 수 있다. 그러나 그것이 단순히 언어학과 논리학으로는 파악 안 되는 언어의 층이 엄존한다. 단순한 언어학적 논리학적 구조라는 언어 표현상의 형식은 어디까지나 하나의 객관적인 것이다. 그렇게만 볼 때 그 언어 표현 형식은 '나'와는 실존적으로 무관하다. 다시 말하면 그 센텐스에서 '아들'이라는 주어가 단순한 문법상의 주어로 남아 있는 한 '나'와는 상관이 없는 것이다. 그러나 그 언어 표현이 말하는 주어가 그 말을 듣는 사람과의 직접적인 관계가 있는 사람이라고 할 때 그 언어는 여간 충격적인 말이 아닌 것이다. 말하자면 그런 언어 표 현의 형식을 넘어서 듣는 사람의 '나'의 실존과 직접 적으로 대면하는 관계에 선다.

그러므로 '언어'에는 그 언어가 표현하는 문법적, 논리적 요소만으로는 가려낼 수 없는 초월적인 층이 있다. 곧 그 언어 표현이 객관적으로 다 말할 수 없는 실존적인 정황이 있다. 곧 누가 그 말을 했으며 그 말 하는 사람은 그 객관적인 언어 표현을 하면서 어떤 정황 속에서 어떤 심정을 갖고 발언했으며 그 언어 표현의 내용과 어떤 관계가 있으며 또 듣는 사람과의 관계는 어떤 사이이며 하는 것은 그런 객관적 언어 표현의 형식으로는 표현 안 되는 실존적 양태인 것이다. 그러므로 단순히 형식적 언어 분석만으로는 설명 안 되는 언어의 내면성이 있다.

그래서 나는 그런 언어의 객관적 표현 형식을 넘어선 언어를 '목소리로서의 언어'라고 말한다. '목소리'는 언어의 문법적인 형식의 범주로는 파악 안 되는 언어의 초월적인 면이다. 어린애들에게 있어서 그의 '어머니의 목소리'는 여간 반가운 소리가 아니다. 이것은 단순한 어떤 문법 형식으로도 어떤 논리적 구조로도 표현할 수 없다. '나의 어머니'의 그 독특한 '목소리'와 '나의 친구'의 그 '목소리'는 나에게 있어서 특별한 것이다. 이 '목소리'는 그것을 내는 그 인격과 밀접한 관계가 있는 것이기 때문에 그 '목소리'를 듣는 사람과 실존적인 관계에 있게 한다. '다정한 목소리'가 있는가 하면 '냉정한 목소리'가 있고, '자애로운 목소리'가 있는가 하면 '무뚝뚝한 목소리'가 있다. 어떤 사람의 '목소리'는 우리에게 평화와 안도감을 주는 '목소리'로 들리는가 하면 어떤 사람의'목소리'는 항상 감정과 분노를 자아내는 '목소리'로 들린다.

오늘날 우리가 사용하는 언어 가운데는 기계공업화된 기술을 중요시하기 때문에 언어가 차츰 그 '목소리'를 잃어 가고 있다. '목소리'는 언어를 전달하는 기계에 의해서 '목소리'는 없어지고 '소리'로만 들린다. 또 언어는 차츰 기술적 언어Technical Language 로만 전달된다. '목소리'까지도 감쪽같이 '자기 소리'가 아닌 '남의 소리'를 기술적으로 만들어 낸다. '소리'는 소리를 들을 수 있는 청각이 있으면 들을 수 있다. 그러나'언어'는 청각만 있어서 듣는 것이 아니라 언어를 이해할 수 있는 이지력理知力이 필요하다. 이런 언어를 통해서 우리는 어떤 기술적인 정보를 획득할 수 있고 어떤 추상적인 개념을 알 수 있다. 이런 것들은 언어 구조가 갖는 형식적인 요소만을 갖출 때 전달 가능한 것이다. 그러나 인격과 인격과의 실존적인 관계를 맺어 주는 데는 단순한 언어의 논리나 형식상의 구조를 갖춘다고 해서 충분한 것은 아니다. 거기에는 화자의 인격이 담겨진 '말'이 필요하다. 그래서 하이데거Heidegger 는 언어의 논리적이며 형식적인 것은 파생적인 것이라고 보고 사실에 있어서의 그 실존적인 기반을 파헤치려고 노력했던 것이다. 그에게 있어서 언어라는 것은 현존재가 세계와 관계하는 실존적인 방식을 형식적으로 표현한 것에 불과한 것이다. 그렇기 때문에 언어의 구조상의 형식은 인간과 인간과의 *커뮤니케이션*의 기반을 담당하는 것이 아니고 오히려 언어의 기반을 실존 적이요 인격적인 데 두었다.

언어는 단순히 '소리'를 들을 수 있는 청각을 넘어서 또 어떤 개념이나 기술 정보를 전달받을 수 있는 이지적 이해를 넘어서 '목소리'로서의 언어를 들을 수 있는 것은 인격의 그윽한 데 숨어 있는 심정heart이다. '목소리'는 사람의 심정에 전달된다.

예수님은 죽기까지

예수님은 죽기까지 아름답게 살다가 착하게 살다가 죽기까지 정의롭게 살다가 진실되게 살다가 또 죽기까지 남을 사랑하다가 돌아가신 분인데 돌아가심에 생명의 씨알갱이를 남겨 두신 분이다. 그러므로 그분은 죽음으로 끝난 분이 아니고 오히려 죽은 다음에 그 생명의 씨알갱이를 통해서 더 그 생명이 확대되고 더 충일充溢해지고 더 심화되고 더 우주화된다.

죽기까지 아름답게 산다는 것, 죽기까지 정의롭게 산다는 것, 죽기까지 진실되게 산다는 것, 더더군다나 죽기까지 남을 사랑한다는 것 자체가 사실은 죽는 것이 아니요 영원한 삶인 것이요 또 영원한 열매를 맺게 하는 나무인 것이다.

사람이 죽는 것은 살기 위해서 추물醜物 노릇을 해야 하고, 살기 위해서 옳지 못한 짓을 해야만 하고, 살기 위해서 거짓말을 해야 하고, 살기 위해서 이기적이 되어야 한다는 생각과 또 그렇게 해야만 이런 각박한 생존경쟁을 이겨 나갈 수 있다는 생각

때문에 사람들이 아귀다툼하면서 살기 때문인데 한번 그런 경향이 정해지면 걷잡을 수 없이 가속도로 역사의 수레바퀴는 돌아서 모든 사람들이 다 그런 죽음의 방향으로만 빠져 들어가 버린다.

그래서 사람들의 산다는 노력이 오히려 죽음의 구렁텅이로 빠져들어가는 꼴이 되는 것인데 사람들은 그것이 습관이 되어 버려서 사람이 사는 것은 으레 그렇게 사는 것이 사람 사는 것이라고 생각하게 되어 시대가 흘러가고 또 흘러가서 영영 돌이킬 수 없는 것이 되어 버린다.

그래서 사람들은 그런 삶의 방식을 아무런 걱정도 하지도 않고 아무런 불안한 마음도 없이 비탈길을 내려가듯이 잘 미끄러져 간다. 그래서 사람들은 사람이 부모에게서 나서 그런 방식으로 살다가 죽는 것은 하나의 기정사실이요 모든 사람이 겪어야 할 운명이라고 생각하면서 살아간다.

사실 사람이 사는 것이 생리적인 측면으로만 생각하면 사람은 죽는 것이 아니다. 왜냐하면 생리적으로 인간은 자기의 씨를 종족의 번식이라는 것으로 계속 그 생리적 생존을 이어가기 때문이다. 말하자면 사람은 죽지마는 그 몸에서 나간 유전 인자에 의해서 다음 세대의 생리적 생존체에 의해서 여전히 살아가는 것이기 때문이다.

누구나 할 것 없이 착하게

　누구나 할 것 없이 착하게 살아 보려는 마음이 있는 법이다. 그러나 착하게 살아 보려는 마음이 없어도 그것이 마음속에 꿍꿍 묶어 두는 한에 있어서 시비할 사람은 아무도 없을 것이다. 하기야 세상에서 보면 착하게 살아 보려는 사람이 적은 듯이 보이는 것도 사실이지마는 또 착한 것이 뭘 그렇게 대단한 것이 아닌 듯이 마음에 작정해 버린 듯이 살아가는 사람도 많고 또 착한 것이란 원래 없는 것이라고 생각하고 그저 그때그때 임기응변으로 살아가면 그만이라고 생각하는 사람도 있다고 말해도 좋을 법하다. 좌우간 사람은 자기가 하고 있는 일에 자기 나름대로 일단은 어떤 원칙을 세워 놓고 있는 듯이 보이지마는 사실은 그것도 아랑곳없이 그저 그저 되는 대로 살다가 가 버리면 그만이라고 생각하고 살아가는 용감한 사람도 많다고 말해 두자. 여기서 용감한 것은 새가 하늘을 날다가 갑자기 공중에서 선회할 생각이 나서 공중을 몇 바퀴 돌다가 그만 망망한 대공으로 자취를 감춰 버렸다면 상쾌한 그런 장면을 말하는 것인데 요즘 같이 이렇게 날씨가 더운 여름철에는 시원하기도 하지마는 겨울 날씨에는 대단히 어려울 것이라고 생각해도 무방할 것이다.

그런데 사람은 누구나 착하게 살다가 죽어야지 생각하는 사람이 대다수라고 생각하는 사람이 많을수록 이 세상은 더욱더 악화될 것이라고 논한다고 해도 누구 하나 말할 사람은 없을 것이 분명한데 요즘은 왜 그렇게 그런 문제는 집어치우고 무슨 일이든 나의 느낌 나의 의식 상태가 쾌감이 있는가 없는가에 치우치니 누가 이런 소리를 갖고 씨름할 사람이 있는가 하고 혼자서 생각해도 그렇게 시비할 사람이 없으니 세상은 여간 편안한 것이 아니다. 그렇다 누구든지 요즘은 다른 것은 다 제쳐 놓고 먼저 금전을 배격해야 한다고들 생각은 하지마는 사실은 워낙 금전무용론이 우리를 재촉하여 우리로 하여금 위선을 범하게 하고 있으니 위선은 비단 거기에만 도사리고 있는 것이 아니라 모든 부문에 깊숙이 도사리고 있다고 해도 그것도 위선이 될 것이니 위선은 아예 말할 자격이 없을 것이나 위선만 위선이 아니라 위선하지 않는 것도 위선이 될 수 있으니 여간 우스운 것이 아니다.

누구나 할것없이 착하게 살어볼랴는 마음이 있는

법이다。 그러나 착하게

살어볼랴는 마음이 없어도 그것이 마음속에 꿍꿍 묻어두는 한에 있어서

시비할 사람은 아무도 없을것이다。 하기야 세상에서 보면 착하게 살려는

사람이 적은듯이 보이는것도 사실이지마는 또 착한것이 뭘 그렇게 대단

한것이 아닌듯이 마음에 작정해 버릇이 살아가는 사람도 많고 또

착한것이란 원래어뿐것이라는 생각하고 그저 그때그때 臨機應變으로

살아가면고 반이라고 생각하는 사람도 있다고 말해도 좋을 법하다。 좌우간

사람은 자기가 하고 싶은일에 자기나름대로 일단은 어떤원칙을 세워놓

고 있는듯이 보이지마는 사실은 그것도 아랑곳없이 그저 그저되는데로

살다가 버리면고만이라고 생각하고 살아가는 요감한 사람도 많다고 말

해두자。 여기서 옹감하다는 것은 새가 하느를 날으다가 가벼끼 공중에서

회할 새각이 나서 공중을 몇바퀴 돌다가 또만 망망한 대공으로

자취를 감취버러다면 상쾌한 그러면을 말하는것인데

오즘간이 날씨가 이렇게 더운 에는 시원하기도 하지마는 거울

날씨에는 대단히 어려울꺼이라 생각해도 무방할것이다。

그런데 사람은 누구나 착하게 살다가 즉어야지 생각하는 사람이 대수라

깨달음이 있는 신앙

좋은 땅에 뿌리웠다는 것은 말씀을 듣고 깨닫는 자니 결실하여 혹 백배, 혹 육십배, 혹 삼십배가 되느니라 하시더라.(마태 13:23)

1. '깨달음'이란 말에 대해서

구약성경에 보면 원래 '깨달음'(הָבִין, שָׂכַל)이란 말은 인간의 자연적인 기능이 아니라 일종의 하나님의 선물로서(왕상 3:9; 다니엘 2:21) 하나님에게 기도하고 구하여 주시는 카리스마적인 것이다. 그래서 시편에는 "나로 깨닫게 하소서 내가 주의 법을 준행하면 진심으로 지키리이다."(시편 119:34, 27, 73, 125, 144, 169)라고 하였다. 그러므로 이것은 하나님께서 주셨다가 또 마땅치 않을 때 도로 회수하시는 것으로 되어 있다(רתחתסת וינבן תנינבו, 이사야 29:14). 그러므로 '깨달음'은 인간이 교육적으로 배워서 습득할 수 있는 그런 것이 아니고 천래적天來的으로 위에서 주 시지 않으면 안 되는 그런 것이다. 특히 하나님에게 속한 영적인 것을 이해하는 데는 자연적인 기능이나 방법으로 이해되는 것이 아니고 이런 천래적인 깨달음이 요구되는 것이다. 그러므로 다니엘은 기도하는 가운데 말하기를 "우리는 우리의 죄악을 떠나고 주의 진리를 깨닫도록 우리 하나님 여호와의 은총을 간구 치 아니하였느니라."하면서 이스라엘의 죄악으로 인하여 그 총명이 어두워진 것을 통회하고 자복할 때 에 이상異像을 깨달을 수 있도록 하였던 것이다.(다니엘 9:13-27)

신약성경에는 '깨달음'이란 말(συνίημι, νοέω)이 사십 회나 나오는데 주로 복음서 가운데 예수님의 말씀을 깨닫는 데 관련되어 말씀하고 있다. 그러므로 예수께서 자주 "내 말을 듣고 깨달으라", "아직도 알지 못하며 깨닫지 못하느냐, 너희 마음이 둔하냐"고 하시면서 당신의 하신 말씀에 대한'깨달음'을 촉구하신 것을 복음서 가운데서 찾아볼 수 있다.(마가 7:14; 8:17, 21; 마태 13:13, 51; 15:17; 16:9, 11; 24:15) 특히 예수께서는 비유로 당신의 메시아 되심과 그 나라의 임재를 말씀하실 때 그 청중들의 '깨달음'을 강력히 촉구하신 것을 볼 수 있는데(마태 13:13, 14, 15, 19, 23, 51) 그것은 인간적인 지혜나 단순한 이지적인 것으로는 오히려 깨닫기 힘든 위에서

一 깨다름이란 말에 대하서

舊約聖經에 보면 元來 깨다름(二二二)은

人愁 이란 말은 하나님의 性自然的인

能이 아니라 一種의 人間의 贈物로서

(王上 三、9、) 다니엘 二、21) 하나님께서

祈禱하고 求하에 주시는 가르쓰어的인

것이라. 그래서 諸篇에 기록에 깨만게

하소서 내가 주의 법을 준행하면 진심

으로 지키리이다.(一九、34、27、73、25、)

〈20×10〉

부터 주신 통찰력이 필요하였던 것이다. 바울의 표현대로 말한다면 "이는 이 세상의 지혜가 아니요 또 이 세상의 없어질 관원(官員: 잘난 사람들)의 지혜도 아니요 오직 비밀 한가운데 있는 하나님의 지혜를 말하는 것이다."(고전 2:6-7) 특히 예수님의 말씀을 통해서 그분의 전 역사全歷史를 구원하실 그리스도(메시아)이심을 간파할 수 있는 눈과 이해력은 단순한 지적 능력에 의한 것이 아니라 그분을 꿰뚫어 볼 수 있는 천래적 깨달음이 필요하였다.

2. 깨달음과 믿음

깨달음이 있는 믿음은 예수께서 항상 그 제자들에게 바라시던 믿음이었다. 달란트 비유 가운데서도 보면 한 달란트 받았던 자는 주인의 마음을 이해하지 못하고 고지식했던 자였다. 그래서 주인이 돌아왔을 때 자기가 받았던 한 달란트를 땅속에 파묻었다가 고스란히 그대로 잘 보존했다는 자부심마저 가지고 내놓았으나 주인이 그 돈을 맡길 때의 심정을 깨닫지 못했던 것이다. 그러나 두 달란트와 다섯 달란트 받은 자들은 주인의 돈 맡기는 심정을 잘 이해하고 그것을 증식하여 내놓았을 때 주인은 매우 기뻐하였다.(마태 25:14-30)

예수께서 하시는 말씀의 진의를 깨닫고 또 그분이 어떤 분이신 것을 바로 깨달을 때 거기에는 어떤 명령의 강요라든지 그런 관계에서가 아니라 그분과의 인격적인 교류가 생기고 그렇게 해서 그분의 말씀은 참으로 옳은 말씀이요 천지가 없어져도 믿음직한 말씀임을 깨닫고 속에서부터 우러나오는 자발의식 가운데서 신앙생활을 해 나갈 수 있는 것이다. 여기서 우리가 알아야할 것은 우리가 꼭 지적知的으로 알아 야만이 좋은 신앙을 가질 수 있다고 하는 주지주의적主知主義的 신앙을 고조하자는 것이 아니라 여기서 말하는 것은 예수의 인격과 통하는 영적靈的 혜안을 말하는 것이다. 그것을 바울은 세상 지혜와 대립 되는 "하나님의 지혜"라고 하였다.(고전 1:20-21) 진 정한 의미에서 신앙의 능력은 이런 '깨달음이 있는 믿음'에서 생긴다. 그것은 누가 강요해서 나오는 것도 아니요 어떤 의무감에서 나오는 것도 아니요 또는 어떤 권리에 좌우돼서도 안 되는 것이기 때문에 그야말로 속에서 솟구쳐 오르는 무한한 영력靈力을 발휘하게 되는 것이다.

그리고 '깨달음이 있는 믿음' 가운데서 바울이 그렇게 고조했던 노예 종교의 자리에서 해방된 참 자유인의 신앙을 가질 수 있다. 그것은 이제는 노예와

상전과의 관계에서 주인의 눈치나 보면서 생활하는 것이 아니라 이제는 깨닫고 정말 하나님의 일을 하는 것이 곧 내 일을 하는 것이라는 자발의식에서 나오는 것이기 때문에 그것은 진정한 의미에서 자유롭게 되는 것이다. 그래서 바울은 "그리스도께서 우리로 자유 케 하려고 자유를 주셨으니 그러므로 굳세게 서서 다 시는 종의 멍에를 매지 말라."(갈 5:1)고 하였던 것이다.

에스겔 선지자는 예언하기를 "내가 그들에게 일치한 마음을 주고 그 속에 새 신神을 주며 그 몸에서 굳은 마음을 제除하고 부드러운 마음을 주어서 내 율례를 좇으며 내 규례를 행하게 하리니"라고 하였다. 성령은 "지혜와 깨달음의 영"(הַנָּבוּ הַמַּכָח חָוּר, 이사 야 11:2)이시다. 성령이 임할 때 과거에는 하나님의 말씀을 율법적인 관계에서 지켜왔지마는 이제는 하나님의 말씀의 깊은 오의奧義를 속에서 깨닫고 속에서부터 우러나오는 마음으로 따르게 되는 것이다. 그래서 예언자 에스겔은 새 영靈을 줄 것인데 그 몸에서 굳은 마음을 제除하고 부드러운 마음을 주어 서 하나님의 율례와 법도를 지켜 행하게 할 것이라고 하였다. 또 신약에서 사도 요한은 "성령이 오시면 그가 너희를 모든 진리 가운데로 인도하실 것이다."(요한 16:13)라고 말씀하고 있는 것이다.

구약 시대의 신앙과 신약적인 신앙의 다른 점은 참으로 이 '깨달음이 있는 믿음'이냐 아니냐 하는 이 차이인 것이다. 과거의 율법은 우리를 정죄하고 구속하나 이 "생명의 성령의 법은 우리를 죄와 사망의 법에 서 우리를 해방시키는 그리스도의 사랑이 우리를 끄는强勸도다"(ἡ γὰρ ἀγάπη τοῦ Χριστοῦ συνέχει ἡμᾶ, 고후 5:14) 하였는데, 그것은 예수 그리스도 십자가의 사랑을 깨달은 자가 속에서부터 솟구쳐 올라오는 강한 힘으로 그 예수를 자랑하고 봉사하고 전도하고 한다는 것이다. 바울은 그 앞 절에서 "우리가 만일 미쳤어도 하나님을 위한 것이라"고 말하고 있다. 바울의 그처럼 강력한 영력靈力은 그런 예수 그리스도를 깊이 깨닫는 데서부터 용출된 믿음에서 나온 것이다. 하나님은 언제나 사람들이 자원하는 마음으로 당신에게 봉사하기를 원하신다. 구약 때에도 사람들이 자원하는 마음으로 제물을 드리고 예물을 원하셨다.(הבדנ; free will offering, willingly, voluntarily: 출애굽기 5:29; 레위기 22:18, 21, 23, 38; 민수기 15:3; 신명기 12:6, 17; 에스라 3:5, 8:28; 시편 119:119) 사실 가인과 아벨의 제물의 차이점은 그것이 자원하는 제 물이냐 아니냐 하는 것일 것이다. 신약에는 바울의 표현대로 "저희가 힘대로 할 뿐 아니라 힘에 지나도록 자원하여 이 은혜와 성도 섬기는 일에 참여하였다"고 한 자발적인 그것이다.(αὐθαίρετος: choosing of one's self, willing of one's self; 고후 8:3-4; : forwardness mind, readiness, willing mind; 고후 8:11, 19; 고후 9:2; 사도행전 17:11) 참으로 아벨은 양의 첫 새끼를 낳을 때부터 자원하는 마음으로 이것을 하나님에게 드려야지 하였던 것이다. 하나님은 이렇게 자원하는 마음으로 당신에게 섬기기를 원하신다. 그런데 그런 자발의식은 '깨달음' 없이는 생기지 않는다. 하나님의 은혜를 깨닫는 마음, 하나님의 사랑을 깨닫는 마음, 복음의 진리를 깨닫는 마음 거기서 하나님을 섬기는 자발의식이 솟구쳐 오르게 되는 것이다.

그리고 '깨달음'이 있는 믿음 가운데서 바울이 그렇게 강조했던 노예적 종교의 자리에서 해방된 참 자유인의 신앙을 가질 수 있다. 이제는 우리들의 신앙이 상전과 노예와의 관계처럼 주인의 눈치나 보면서 생활하는 것이 아니라 깨닫고 정말 하나님의 일을 하는 것이 곧 나의 일이요 가장 귀하고 생명에 넘치는 것임을 깨닫고 자발의식에서부터 나오는 것이기 때문에 그 일은 진정한 의미에서 자유롭게 되는 것이다. 바울은 "그리스도께서 우리를 자유케 하려고 자유를 주셨으니 그러므로 굳세게 서서 다시는 종의 멍에를 매지 말라."(갈라디아 5:1)고 하였던 것이다.

3. 성령과 깨달음

예수께서 십자가에서 사형을 받았을 때 그의 제자들은 실의에 차서 다 자기 갈 곳으로 흩어져 버렸었다. 그러나 그들이 예수의 부활을 경험하고 같이 모여서 기도하다가 그들에게 번갯불처럼 '깨달음'의 문이 열리는 순간을 가졌었다. 그 후부터 그들은 담대해졌고 솟구쳐 오르는 영력을 이기지 못하여 사방으로 나아가서 복음을 힘차게 전하기에 이르렀다. 진정한 의미에서 '깨달음'의 문이 열리는 순간이야말로 제자들이 성령을 받는 순간인 것이다. 예수께서 "진리의 성령이 오시면 그가 너희를 모든 진리 가운 데로 인도하시리라."(요한 16:13)고 하신 대로 성령은 진리를 깨닫게 하신다. 그런 의미에서 성령은 '깨달음의 영'이시다. 그래서 선지자 이사야는 장차 이 새의 줄기에서 나올 싹 곧 메시아가 받을 영을 '깨달음의 영'(הַנְּבוּ הַמְכַח חוּר, 이사야 11:2)이라고 하였던 것이다.

예수 그리스도의 영이 있는 곳에 자유함이 있고 (고전 3:17), 또 진정한 의미에서 '깨달음'이 있다. 여러 가지 깨달음 가운데서도 성령은 예수가 누구인가를 바로 깨닫도록 하신다. 다시 말하면 성령이 아니고는 예수의 진정한 모습을 간파할 수가 없는 것이다. 예수가 어떻게 해서 우리를 구원해 주신 것인가 하는 것은 성령이 아니고는 알 길이 없는 것이다. 그래서 바울은 "성령으로 아니하고는 누구든지 예수를 주主시라 할 수 없느니라."(고전 12:3)고 하였던 것이다. 왜냐하면 신령한 것은 신령한 것으로밖에 분별할 수 없기 때문이다.(고전 2:13) 그러므로 '깨달음'이 있는 믿음'은 성령의 선물이요 인간적인 지혜에 속한 것이 아니다.

돌의 소리
173

영원永遠에 관한 논리

　無가 망각되면 그다음에 남는 것이 있는데 그것은 無가 無를 먹고 또 남는 無를 먹고 또 먹고 또 먹고 또 無를 먹고 또 먹고 또 먹고 또 먹고 또 먹고 또 먹고 또 먹고 또 먹어 치워 버려서 뒤로 내놓는 똥이 있는데 이것을 영원永遠이라고 한다.

　그러나 이것만으로 완전치는 못하다. 자기가 자기를 의식하는 것은 영원한 작업인데 또 자기가 자기를 의식하지 못하는 것도 오히려 심각한 의미에서 영원한 작업이라고 말할 수 있지마는 이 양자가 서로 교체되면서 감각이 무서운 고뇌를 겪으면 거기서 생기는 아들이 있는데 그 얼굴이 몹시 못생겼다고 심한 고통을 느끼면 또 거기서 아들이 생기고 또 딸이나 아들이 생기고 한다손 치더라도 여전히 못생겼기 때문에 고민하는 의식을 달래 주는 것이라고 할 것이다.

　어떤 사람이 길을 간다. 그에게 가는 목적지도 없

고 무엇 때문에 가고 있는지 자신도 느끼지 못한다. 그럼에도 불구하고 그는 꿋꿋이 앞으로 걸어간다. 손에 가진 것도 없고 다만 걸친 단벌 옷뿐이다. 그러나 그는 아무 염려도 없고 누구를 두려워하는 것도 아니다. 그런데 그에게 한 가지 논리가 있다. 누구에게서 배운 것도 아니요 누구에게 설명할 수 있는 것도 아니다. 그렇다고 하늘에서 떨어진 것도 아니요 땅에서 솟은 것도 아니다. 어느 바람이 실어다 준 것도 아니요 어느 비나 이슬이 가져다 준 것도 아니다. 그저 그의 가슴 그대로 있던 것이다.

  "나를 사랑해 달라"는 말처럼 어려운 말이 없다. 어렵다기보다 할 수 없는 말은 없다. 할 수 없다기보다 해치지 않는 말은 없다. 그럼에도 불구하고 이 말을 발설했다면 이처럼 비참한 일은 없다. 주지 않는 것을 달래다가 안 주면 뺏는 것처럼 용감한 일에 비할 수 없다. 시간과 공간의 위치를 문제 삼는 논리로는 하면 안 되는 보다 신화적인 면모가 숨바꼭질하는 이 문제는 달라고 해서 받는 그런 것이 아니다. 그러나 다행히도 그가 나를 사랑한다면 그런 발설은 그다지도 참혹한 일은 안 되고 그것은 애교가 된다. 그러나 이것은 인간 최대의 모험이다.

사람은 그저 살아가는 것이 아니다. 모두가 다 불후의 작품을 기록하는 창작자로서 살아간다. 그러나 한편으로는 그저 되는 대로 살아간다고 말할 수 있으리만치 자유롭다. 그러나 광인狂人의 처지는 좀 다르다. 이는 작가가 될 뻔하다가 한갓 재판소 서기가 된 자들이다. 불후의 작품도 못 쓰고 제 맘대로도 못 쓰는 바보 천치 작가 김생원의 얼굴에도 그 옛날에 한참 지주 노릇을 할 때 부리는 거드름을 지워 버릴 수 없어서 오늘도 면도질을 한참 하고 나왔지마는 여전히 그 얼굴은 위대한 작품이니 어쩔 도리가 없다. 위대한 매춘賣春의 명작가가 과거에 기록한 자기의 역사 때문에 고민하다가 그만 자살하든지, 그렇지 않으면 이혼하는 그런 비극을 보고도 오히려 우습기만 하다는 여인도 자기 얼굴에 있는 흉터는 여하한 정형술定型術로도 감추지 못하고 눈물을 흘린다.

　__1964/8/4

176

永遠에 關한 論理

無가 完全히 忘却되면 그다음에 남을것이 있는데
그것은 無가 無를 먹고 또 남는 無를 먹고 또먹
고 또無를 먹고 또먹고 또먹고 또먹고 또먹
고 또먹고 또먹어치워 버리(伊) 그래도 남게 되
맨 뒤로 써 놓는 뭉이 있는데 이것을 永遠이라고 한다

그러나 이것만으로 完全치는 못하다 自己가 自己를
意識하는 것으로 永遠한 作業인데 또 이것가 自己를
意識하지 못하는 것으로 오히려 深刻한 意味에서 永
遠한 作業이라고 말할수 없는지 兩者가
로 交替되면서 感興이 무서운 苦惱를 격으면
거기서 생기는 아들이 있는데 그 얼굴이
고 甚한 苦痛을 느끼면 또 거기서 아들이 생기고
딸이나 아들이 생기고 한다 손치드래도 如前히 못생
겼기때문에 苦惱하는 意識을 달래주는 것이라고
하는 것이다

Eros의 비극*

불이란 것이 우리 생활에 유용한 것인 동시에 그 것을 잘못 다룰 때 위험한 것과 안 되는 그런 의미 에서 성性의 문제는 에지간치 위험하다는 것은 프 로이드Freud의 말을 비리지 않더라도 누구나 알 법 한데 특히 청년들에게 그것이 그렇게 치명적인데 그것을 함부로 여기고 있는 것을 보고 있노라면 이 만저만 속이 상하는 것이 아니다. 물론 청년들에게 는 성적인 문제에 대해서 민감할 법한데 민감은 커 녕 오히려 둔감한 것을 볼라치면 어린애들의 '불장 난'처럼 여간 아슬아슬하지가 않은데 그것이 민감 의 소치일 수도 있고 또 둔감의 소치일 수도 있으 니 여간 보기에 딱한 것이 아니라고 어떤 분이 말 한다면 그것은 저기 굴러다니는 흔해빠진 자가용 만큼이나 잘못 크락숀을 눌러대는 소리로 들릴 것 인가.

하기야 실컷 타고 다니다가 싫증이 나면 새 차를 사면 그만이라고 생각하는 요즘 사람들의 사고방 식이 상대방과 살다가 싫으면 또 다른 사람과 교체

하면 된다고 생각하는 식으로 사람과 사람과의 관계가 되고 있는 마당에서는 도학자풍道學者風의 소리가 우습기만 할 것이나 그래도 그 모든 것이 여간 아슬아슬한 모험을 해치우고도 시치미를 떼고 있는 것과 같으니 이것은 단순한 일이 아니라고 또 다시 경고해야 한다고 말할 법한데 그것은 그만두고 그런 자들을 자동차라는 상전의 종으로 삼는 것이 좋을 것이라고 권한다.

자동차뿐만 아니다. '컵'을 쓰다가 깨지면 먼저 것을 만들어낸 공장을 찾아가서 그전에 쓰던 컵과 똑같은 '틀'에다 찍어낸 모양이 같은 '컵'을 사면 되는 것이라고 사람의 문제도 생각한다면 연간 편리한 것인데 이것이 요즘 사람들의 편리주의라면 하필이면 그런 눈물을 짜내는 소설을 쓸 필요도 없을 법한데 그래도 옛정이 남아 있어서 그런지 '사랑'이라는 어려운 낱말을 써가면서 사람을 그리워하는 것을 보면 여간 문제가 어렵게 엉클어진 것이 아니라고 생각하다가도 그런 생각도 현대의 편리주의가 우리를 최촉催促하여 아까 우리가 이야기하던 주제 곧 물건 교체 이야기로 또 돌아간다.

요즘 사람들의 얼굴들은 모두 공장에서 한 '틀'에서 빼낸 것 같은 그런 얼굴들이니 더 말할 필요가

없을 것이 아니냐고 하지마는 그래도 자세히 쳐다
보고 있으면 같은 '틀'에서 빼낸 것도 좀 다를 것이
아니냐고 말하기에 유심히 사람들의 얼굴을 뚫어
지게 점검했는데 여전히 내 시각에 들어오는 것은
또 똑같은 제품마냥으로 보이니 내 자신이 어떤 환
각에 빠져 있는 것이라고 생각해 보는데 요즘 청년
들이 그렇게 잘들 바꾸는 것을 보면서 역시 내 시
각이 환각이 아니라고 생각한다.

  그런데 문제는 동물도 성性이 있으니 그렇게 저
렇게 합리화해 보려고 하는데 역시 인간은 인간이
니 동물과는 구별되는 어떤 측면이 있다고 보면서
또다시 문제를 삼아서 무엇인가 아주 결정적인 그
방법의 위험성을 찾아보려고 하는데 이것은 또 여
간 위험한 작업이 아닐 수 없다. 왜냐하면 나는 이
런 시대에 살고 있으면서 그런 풍조에 아주 물들어
있지 아니한 것처럼 생각하고 아주 딴 시대에서 온
사람처럼 처신할 것이고 나아가서 어떤 절대권을
발동하여 나의 생각을 남에게 강요하는 그런 것이
되기 일쑤인데 그런데서 사람이 피하기란 여간 어
려운 것이 아니라고 미리 짐작하여 하는 소리인데
사실은 그것도 여간 어려운 일이니 말이다. 그러나
그런 것을 염려하는 것만으로 여간 다행한 일이 아

닐 수 없다.

사람은 그렇게 공장의 제품처럼 쓰다가 싫증이 나거나 부서지면 다른 것과 바꿔치기를 하면 되는 그런 것이 아니라고 생각하면서도 요즘의 우리의 환경이 사람을 꼭 제품처럼 다루고 있으니 여간 섭섭한 것이 아닌데 누가 그렇게 만들어놨느냐고 말한다면 아무도 그것을 책임질 사람이 없고 다만 시속時俗 탓이라고 말할 법한데 그것도 우리들의 가슴에 선뜻 납득할 수 없기 때문에 이제는 원흉을 잡아내야 하는데 그 원흉이 누구냐고 하는 데는 의논이 구구할 것이다.

"하나님이 자기 형상形象 곧 하나님의 형상대로 사람을 창조하시되 남자와 여자를 창조하셨다"고 성서에는 기록하였는데 이것은 인간의 성적性的 구별을 의미하는 것인데 이런 구별을 의식意識하기에는 그 후의 일이었는데 그것은 '아담'과 '하와'가 선악을 아는 나무 열매를 따먹은 다음의 일이었고 자신들의 벌거벗은 모습을 부끄럽게 생각하기에 이르렀다. 이것은 인간의 성적 각성을 단계적으로 가르쳐주는 것인데 성과 범죄 그리고 성과 의식의 분열 등 인간 실존상황의 근원적인 관계를 우리들에게 말해주는 것으로서 여기에는 여간 신비로운 해

석이 있을 법한데 우리 보통 말로는 잘 표현 안 되
는 그런 것이 숨바꼭질하고 있다고 해도 과언이 아
니리라.

키엘케골은 "이제 타죄墮罪가 생현生現한다. ……
결과는 이중의 것이었는데 곧 죄가 이 세상에 왔다
는 것과 성적인 것이 조정措定됐다는 것이다. 그런
데 한 편을 다른 편에서 분리시킬 수는 없다. 동물
에게 있어서는 성의 구별은 본능적인 것일 수 있다.
그러나 인간은 다름 아닌 종합이기 때문에 그것을
그런 모양으로 가질 수는 없다. 정신이 자기 자신을
조정하는 그 순간에 있어서 정신은 종합을 조정한
다. 그런데 종합을 조정하기 위해서는 정신은 우선
종합을 철저하게 분해하지 않으면 안 되는데 그때
감성적인 것의 극한이 다름 아닌 성적인 것이다. 인
간은 정신이 현실적으로 되는 순간 비로소 그 극한
에 도달할 수 있다. 그 이전에 그는 동물일 수는 없
지만 그러나 본래적으로는 인간도 아니다. 그가 인
간이 되는 순간 비로소 그는 동시에 동물이 되므로
인간도 되는 것이다. 그렇기 때문에 죄성罪性은 감
성感性이 아니다. 결코 그렇지 않다. 그러나 죄 없이
는 성욕性欲은 없고 성욕 없이 역사歷史도 없다. 완
전한 정신은 성욕도 역사도 갖지 않는다. 실로 그렇

기 때문에 부활에서는 성의 구별도 지양되어지고 그렇기 때문에 천사도 역사를 갖지 않는다.''(Kierkegaard, *The Concept of Dread*)라고 말했는데 성서에는 또 말씀하시기를 "사람이 독처獨處하는 것이 좋지 못하니 내가 그를 위하여 돕는 배필配匹을 지으리라"고 하였고 "남자가 부모를 떠나 그 아내와 연합하여 둘이 한 몸을 이룰찌로다"고 하였는데 기독교의 성에 관한 문제는 구별區別과 결합結合의 변증법이라고 말할 수 있고 긴장 가운데 있는 그런 문제이다.

사람은 자기가 갖고 있는 욕심의 노예가 되기 일쑤인데 성의 문제는 가장 위험한 노예성을 유발하는데 성의 문제는 타죄의 문제와 직결되는 것이기에 성은 어떤 폭발적인 위험이 따르기 때문에 그것이 동물적인 데 머물러 있는 한 인간을 더욱 더 시궁창으로 끌고 가는 결과를 가져올 것이고 성의 문제가 정신에 의해서 순화될 때 말할 수 없이 아름다운 것이 된다는 것은 "미美는 영靈과 육肉의 통일에 다름 아닌 것이다"라고 앞에서 말한 신학자는 말했는데 요즘 청년들 치고는 한 번 그런 시도를 감행할 만도 하다. 성에는 '구별'과 '결합'의 긴장이 있는데 구별할 때 가서 구별하지 않을 때 참다운 결합이 있을 수 없고 결합을 올바로 결합하지 않을 때 거기에는 참으로 "성은 인간 노예성의 원천의 하나이며 그런 원천 가운데 가장 심각한 것이다." (N. Berdyaev, *Slavery and Freedom*)라는 것을 몰이해한 소치이다.

* 순복음중앙교회 청년선교회 신앙지 『카리스마』 제5호 (1980년 5월 1일 발행) 6~7쪽 (1980년 6월호부터 정기적으로 연재될 예정인 "카리스마 칼럼" 직전 칼럼). 다른 카리스마 칼럼들처럼 이 글의 원문도 역시 띄어쓰기를 무시한 채로 실려 있었다.

제 나름대로

사람들의 얼굴 모양이 제가끔 다르듯이 사람은 누구나 제 나름대로의 특색이 있습니다. 어떤 사람은 무던히 순한 사람도 있고, 또 어떤 사람은 성질이 좀 괴팍스럽기는 하지마는 무슨 일에고 책임성 있게 맺고 끊듯이 잘 하는 사람도 있습니다. 어떤 사람은 다른 사람들보다 손재주가 있는 사람도 있고, 어떤 사람은 손재주는 없어도 사람과의 관계를 사교성 있게 잘 하는 사람도 있습니다. 이렇게 사람들은 그 성격적인 면에서나 그 재질적인 면에서 각각 자기가 타고난 특질들이 있습니다. 이렇게 각자가 가지고 있는 특질이란 누구의 것은 다른 사람보다 좋다든지 또 누구의 것은 다른 사람과 비교해서 나쁘다든지 하는 비교개념으로 따져서 생각할 것이 못 된다고 생각합니다. 그것은 각 개인이 가지고 있는 개성이라든지 특징은 하나의 인격이 이 세상에 태어나면서 발아돼 나온 것이기 때문에 누구의 것은 좋고 누구의 것은 나쁘다고 말할 수 없는 것입니다. 다만 어떤 사람은 자기가 타고난 개성적인 특질을 좋은 면으로 갈고 닦아서 빛나게 하는 데 나태했다든지 그렇지 않으면 나쁜 방향으로 발전시켰을 뿐입니다. 그러므로 사람은 사람들 각자가 가지고 있고 자기가 타고난 한 인간으로서의 운명이라든지 자기 본래의 됨됨을 탓할 아무런 까닭이 없는 줄 압니다. 자기가 타고난 운명이나 특이성을 잘 빛내고 살리지 못한 것을 안타깝게 생각해야 할 것입니다.

사람은 자기가 생겨난 대로 다른 사람이 갖지 않는 그 특이한 점을 잘 살펴서 살면 그만인 것입니다. 이렇게 각자가 있는 본질적인 인격의 특질 자체가 좋고 나쁜 것은 아닌 줄 압니다. 그러므로 사람은 자기가 타고난 이 본래적인 특질을 이러쿵저러쿵 탓할 것이 못 되고 다만 우리가 해야 할 일은 자기가 타고난 그리고 남이 갖지 않는 이 본래적인 특질을 잘 빛내고 잘 살리도록 해야 하겠습니다. 이 자기가 가지고 있는 한 인간으로서의 특질은 유독 자기에게만 주어진 특질이기 때문에 이것을 소중히 여기면서 갈고 닦고 빛나게 할 때 그 사람으로서는 가장 보람을 느끼게 될 것입니다. 또 사람들이 이렇게 자기의 개성적인 특색을 자각하면서 서로 아무런 분쟁이나 다툼 없이 각자가 자기의 특색을 공동체 안에 다양성 있게 드러내 놓을 때 그 사회는 대단히 아름답게 보일 것입니다. 이렇게 되면 이런 사람들이 살고 있는 사회는 각자의 인격과 재능의 특색 있는 표현을 서로 존중히 여길 것이고, 그렇게 되면 한 화원에 여러 가지 꽃이 피어 아름답게 보이는 것처럼 다양성과 평화로운 조화 속에서 아름다운 사회가 될 것입니다.

시집 『돌의 소리』

박정규(서울과학기술대학교 명예교수)

한 권의 시집을 읽는다는 것은 한 시인의 일생과 마주하는 일이다.

그 시를 쓴 시인의 삶에 대한 이해 없이는 한 편의 시도 온전히 읽어 내기 힘들지도 모른다. 좋은 시란 시행마다 혹은 시의 행간마다 시인의 삶과 그 삶에서 얻어진 시인의 사상이 스며있기 때문일 것이다.

여기 미국 벤더빌트 대학에서 신학박사 학위를 받은 신학자이며 미국 유학 시 십여 차례의 개인전을 열고 그림을 판매하여 학비와 고국에 남아 있는 가족들의 생활비까지 책임졌던 화가이기도 한 시인이 있다.

글의 서두에서 언급했듯이 이 시인의 시세계를 탐구하기 위해서는 그의 신학사상과 예술세계에 대해, 기본적인 차원에서나마, 이해하려는 작업이 선행되어야 할 것이다. 그러나 신학사상이나 예술

세계에 대한 이해가 그 기본적인 차원이라 할지라
도 단시간 내에 쉬 얻어질 수 있는 일이 아니지 않
은가. 막막할 수밖에 없다. 그래서 그 대안을 찾아
보기로 한다. 즉 이 험난한 여정의 이정표, 혹은 안
내 지도를 찾는 일이다.

　망망한 대해를 여행할 때 뱃전에 부서지는 잔잔
한 파도의 흰 속살을 바라보며 평안한 마음으로 임
하는 순조로운 항해의 과정도 있을 수 있고 드물게
는 몰아치는 험한 파도와 폭풍우 속에서 해도海圖
를 보지 않고는 앞으로 헤쳐 나갈 수 없는 항해의
과정도 있을 수 있는 것이다.

　시를 읽는 일도 이와 다르지 않을 듯하다. 시집
『돌의 소리』는 후자에 속할 듯싶다. 서두에서 언급
했듯이 다양한 면모를 지닌 시인의 시 속에 다양한
층위의 의미들이 시적 형상화를 통해 담겨 있으리
라는 예감 때문이다. 더욱이 이 시인의 사후에 출판
된 신학 논문집 『李信의 슐리얼리즘과 영靈의 신
학』(1992, 종로서적)이나 이 시인이 화가로서 남겨 놓
은 회화작품들에서 보여주듯이 신학적 사상이나
예술적 세계가 쉬르리얼리즘을 지향하고 있는 것
임을 알 수 있는데 그 쉬르리얼리즘 세계의 난해성
이 상정되기 때문이다. 즉 쉬르리얼리즘의 특성인

초월적 세계를 논리를 넘어선 논리로 표상하고 있는 다수의 시들 때문에 이신의 시세계를 항해하는 데에 해도海圖를 필요로 하는 것이다.

우리는 다행스럽게도 이 해도를 발견할 수 있다. 아니 시인은 독자를 위해 이런 해도를 준비해 놓은 것이다. 이 시집의 제3부를 이루고 있는 '돌의 소리'가 그것이다.

2012년에 간행된 『李信 詩集 돌의 소리』(동연 간행)에 실린 「시집을 펴내며」를 쓴 엮은이 이경(이신 시인의 아들)의 서술에 따르면 제3부를 이루고 있는 '돌의 소리'는 이 시집의 제1부를 이루고 있는 '유랑자의 수기'와 '시집Ⅱ' 부분에서 짧은 산문들을, 그리고 별도의 원고지나 갱지에 적어 놓은 에세이들을 모아 놓았다고 밝힌다. 그러니 엄밀히 말하면 이신 시인이 곳곳에 흩어 놓았던 이정표들을 모아 '해도海圖'를 작성한 것은 시인의 아들이었던 엮은이의 공로이니 이 또한 범상치 않은 일이라 할 것이다. 또 하나의 해도는 그의 신학저서인 『슐리얼리즘과 영靈의 신학』(이신 지음, 이은선·이경 엮음. 동연. 2011.)이라고 할 수 있겠다. 앞으로 이 해도들을 참고하면서 그의 시세계를 항해하고자 한다.

이 시집의 제1부 첫 작품부터 살펴보자.

나는 당신에게 못하는 말이 있습니다.

이것은 무슨 비밀도 아니요

수수께끼도 아닙니다.

당신의 맑고 툭 튄 이마처럼 잔잔한

당신의 자유의 호수를

흔들어 놓을까봐서입니다.

그래서 나는 하루 종일 안타깝게

이 호면만 바라보고 있습니다.

나는 당신에게

다른 말은 다 합니다마는

이 말만은 못합니다.

당신이 성낼까봐서도 아니요

당신이 슬퍼할까봐서도 아닙니다.

당신의 빛나는 눈처럼 아름다운

당신의 마음의 별빛을

흐려 놓을까봐서입니다.

그래서 나는 가슴 조이며

밤새도록

이 별빛만 지켜보고 있습니다.

나는 당신에게만 못하는 말이 있습니다.

나는 당신을 두려워해서도 아니요

당신이 어려워서도 아닙니다.

당신의 우뚝 솟은 코처럼

당신의 긍지의 봉우리를

나의 이 말로 낮아지게 할까봐서입니다.

그래서 나는 하루 종일

괴로워하면서

이 봉우리만 바라보고 서 있습니다.

나는 당신에게 못하는 것이 아니라

사실은 안 하는 말이 있습니다.

이것은 당신을 의심해서도 아니요

당신을 오해해서도 아닙니다.

다신의 미소 짓는 입처럼

자유스러운 결단의 골짜기에서 솟는

우물을

이 말을 함으로

흐려 놓을까봐서입니다.

그래서 나는

밤새도록 이 우물가 주변을

가슴 태우며

서성거립니다.

― 1964/8/4 잃어버린 시첩을 생각하며

그의 시집에 실려 있는 제1부 첫 작품 「침묵沈默」 전문全文이다. 이 시집의 가장 앞에 수록된 작품일 뿐만 아니라 이 작품이 표면적 층위의 서정성과 함께 내면적 층위에서 이신 시인이 갖는 사유思惟의 세계를 가늠해 볼 수 있는 작품이라 여겨져 시 전문을 옮겼다.

먼저 이 시의 표면적 층위인 서정성을 살펴보자.

'당신'에게 어떤 말에 대해 침묵해야 하는, 즉 그 말을 하지 못해, 안타깝고 힘들어 하는 시적화자가 있다. 이 시적화자는 "하루 종일 안타깝게 호면만을 바라보고 있"거나, "가슴 조이며 밤새도록 이 별빛만 지켜보고 있"거나, "하루 종일 괴로워하면서 이 봉우리만 바라보고 서 있"거나, "밤새도록 이 우물가 주변을 가슴 태우며 서성거리"고 있을 만큼 '당신'에게 어떤 말을 하지 못해 고통스러워 하고 있다. 시적화자가 그 말을 하지 못하는 고통 속에서도 침묵해야 하는 이유는 그 말을 함으로써 '당신'이 가지고 있는 미덕美德들이 파괴될 것을 저어해서이다. 그러니까 시적화자인 '나'가 감내해야 하는 이 특정한 말에 대한 침묵의 고통은 '나'를 위해서가 아닌 '당신'을 위해서, 더 구체적으로는 '당신'이 가지고 있는 미덕들을 지켜 주기 위한 고통인 것이다. 그러면 '나'가 그토록 침묵을 지켜야 할 '그 말'은 대체 어떤 말일까? 각 연마다 제시된 '나'가 그 말을 함으로써 파괴되어 버릴 미덕들을 살펴보면 제1연에서는 '자유', 제2연에서는 '마음의 별빛', 그리고 제3연에서는 '긍지', 마지막 제4연에서는 '자유스러운 결단'이다. 이 어휘들이 갖는 공통된 심상은 고고하고 자유스러운 자존감이다. 사랑하는 사람은 사랑하는 대상과 함께하기를 원하는 것이고 그 가장 보편적인 방법은 결혼이다. 그런데 결혼이란 일종의 구속을 전제로 한 사회적 제도이기도 하다. 사랑하는 사람과의 결혼은 내 사랑을 충족시키는 최선의 방법이다. 그러나 '나'의 이기적 입장에서가 아니라 '당신'의 입장에서, 혹시 결혼이 '당신'이 가진 미덕을 파괴시키는 것은 아닌지 따져본다는 것은 이기심을 넘어서는 '나'의 '당신'에 대한 지극한 사랑이 아니면 할 수 없는 일일 것이다. 그렇다면 이 시는 청혼을 하고 싶지만 '나'와의 결혼으로 사랑하는 당신의 미덕들이 혹시 깨져버릴지도 모른다는 근심 때문에 사랑하는 이에게 청혼을 주저하고 있는 안타까움을 노래한 연가로도 읽을 수 있겠다.

시인은 제1연에서 핵심 시어인 '자유'를 넉넉하고 풍성한 이미지인 '호수'와 짝지어 놓고, 제2연의 핵심 시어인 '별빛'은 추상적 세계인 '마음'과, 제3연의 핵심 시어인 '긍지'는 높이를 상정할 수 있는 '봉우리'와 그리고 제4연의 핵심 시어인 '자유스러운 결단'은 끝없이 새로움으로 채워지는 '우물'과 짝지어 놓고 있다. 시인의 탁월한 언어 운용의 감각을 실감할 수 있는 부분이다.

이 시에 대한 다른 독법을 시도해보자. 이 시에 대한 다른 독법을 시도해 볼 수 있는 근거는 이 시의 제목으로 쓰인 '침묵'이 '말'과 연관된 어휘이고 이신 시인에 있어서 이 '말'이라는 것이 그의 사유 思惟에서 중요한 부분을 차지하기 때문이다. 이신 시인의 사유의 세계를 참고하기 위해서 앞에서 이미 언급했던 이 시집의 제3부 돌의 소리를 살펴보기로 하자.

앞에서 이 시를 "청혼을 하고 싶지만 '나'와의 결혼으로 사랑하는 당신의 미덕들이 혹시 깨져버릴지도 모른다는 근심 때문에 사랑하는 이에게 청혼을 주저하는 안타까움을 노래한 연가로도 읽을 수 있겠다."라고 풀어보았다. 그런데 그렇게 풀어 놓고 보아도 사랑하는 사람에게 결혼 후에 닥칠지도 모를 부정적인 상황을 상정해 청혼을 하지 못하고 괴로워하는 사람의 심정을 노래하고 있다는 설정은 아무리 절절한 사랑을 전제로 한다고 해도 정신병리학을 적용해야 할 만큼 좀 지나친 감이 없지 않다. 그렇다면 '나'가 '당신'에게 '그 말'만은 하지 못하는 더 확실한 이유는 밝혀 낼 수 없는 것일까. 이 문제의 규명을 위해 이 시집의 제3부 돌의 소리에 '소리, 언어, 목소리'라는 소제목이 붙은 산문을 살펴보기로 하자.

'소리'와 '목소리'는 언어의 구성상 같은 것 같으면서도 여간 다른 것이 아니다. 우리가 사용하는 언어는 그 언어가 전달하려는 의사 소통상의 의미를 배제해 버린 채 '소리'로만 남아 있는 언어가 있다. …(중략)… '언어'가 언어 표현의 틀에 꽉 짜인 객체(object)로서 남아 있는 한 그 '언어'는 구체적인 나의 실존과는 아무런 상관이 없는 것이다. 그것은 언어학적으로 하나의 문장일 수도 있고 문학적으로 하나의 작품일 수도 있다. 그러나 그것은 현존재現存在의 실존적 기술記述이 되기 위해서는 언어학적인 짜임새나 논리적인 구조를 초월하는 것이 있어야 한다. …(중략)… '언어'에는 그 언어가 표현하는 문법적, 논리적 요소만으로는 가려낼 수 없는 초월적인 층이 있다. 곧 그 언어의 표현이 객관적으로 다 말할 수 없는 실존적 정황이 있다. …(중략)… 나는 그런 언어의 객관적 표현 형식을 넘어선 언어를 '목소리'의 '언어'라고 말한다. '목소리'는 언어의 문법적인 형식의 범주로는 파악 안 되는 언어의 초월적인 면이다. …(중략)… 이 '목소리'는 그것을 내는 그 인격과 밀접한 관계가 있는 것이기 때문에 그 '목소리'를 듣는 사람과 실존적인 관계에 있게 한다.

결국 언어는 '소리'가 아닌 '목소리'일 때, 즉 인격이 담겨진 '목소리'일 때 비로소 진정한 소통이 가능하다는 것이다. 이신 시인은 이 대목에서 하이데거(Heidegger)가 언어의 논리적이며 형식적인 것은 파생적이라고 한 언급을 상기하며 언어는 인간과 인간의 커뮤니케이션에 기반을 둔 것이 아니고 실존적이요 인격적인 데 그 기반을 두고 있음을 역설하고 있다.

자 이쯤에서 다시 위의 시 「침묵沈默」으로 돌아가 보자. 결국 시적화자가 그토록 힘들게 침묵을 고수하는 것은 자신이 하려는 어떤 '말'이 '소리'인지 '목소리'인지의 구분에 대한 매우 조심스러운 태도에서 기인한다고 볼 수 있다. 이를 다른 면에서 보면 청자에 대한 커다란 사랑과 배려인 동시에 단순한 커뮤니케이션 수단으로서의 '소리'가 아닌 인격적 소통 행위로서의 '목소리'의 중요성을 강조하고 있다는 것이다.

다음, 내가 '목소리'가 아닌 '소리'를 냄으로써 혹여 파괴할지도 모를 당신이 간직한 그토록 소중한 그 미덕들을 살펴보자.

먼저 제1연에 있는 '자유'에 관해서이다. 제3부 돌의 소리의 「깨달음이 있는 신앙」이란 제목의 글에서 이신은 자유 혹은 자유인에 대해 다음과 같은 취지의 언급을 하고 있다.

세상 지혜와 대립되는 "하나님의 지혜(고린도전서 1:20-21)"라는 바울의 언급은 예수의 인격과 통하는 영적靈的 혜안을 말하는 것이며, 이는 '깨달음이 있는 믿음'에서 생기는 것이고, 이 '깨달음이 있는 믿음' 가운데에서 참 자유인의 신앙을 가질 수 있다는 것이다. 이 '깨달음이 있는 신앙'은 진정한 의미에서 자유롭게 되는 것이다. 그래서 바울은 "그리스도께서 우리로 자유케 하려고 자유를 주셨으니 그러므로 굳세게 서서 다시는 종의 멍에를 메지 말라(갈라디아서 5:1)"라고 한 것이다. 그러니 자유는 신앙인이 '예수의 인격과 통하는 영적靈的 혜안'을 통해서 얻어진 귀중한 결과물이라는 것이다.

다음 위의 시 제2연에 나오는 '당신의 마음의 별빛'이 시적화자가 침묵을 통해 지키려 하는 '당신'의 두 번째 미덕이다. '별빛'의 의미는 무엇일까. 별은 하늘에 있는 것이니 '별빛'은 천상적인 세계를 지향하는 어떤 가치를 의미하는 것은 아닐까. 제3부 돌의 소리에 실려 있는 「자유로운 선善」이라는 글을 보면 새 하늘과 새 땅을 열리게 하는 것이 "좋은 일을 원하는 마음으로 해 나가는 일"이라고 했다. 그리고 거기에는 "낡아짐이 없고", "영원한 젊음만이 깃드는" 곳이라고 했다. 즉 좋은 일을 원하는 마음으로 해나감으로써 도달할 수 있는, 땅위의 현실을 넘어선 천상의 세계에 대한 열망을 가리키는 이미지가 이 별빛이라는 어휘로 구상화된 것은 아닐까.

다음 위의 시 제3연에서 '당신'의 미덕으로 열거된 세 번째가 '긍지'이다. 긍지의 사전적 의미는 '자신의 능력을 믿음으로써 가지는 당당함'이다. 이 긍지가 좀 더 크고 확고해지는 것은 여기서 말하는 '자신의 능력'이 어떤 개별적 사안에 대한 능력에 그치지 않고 스스로의 전체 인격에 대한 확신이 될 때일 것이다. 인간의 모든 행위란 그 행위자의 인격의 모습으로 드러나기 때문이다. 그러니 '긍지'는 '인격에 대한 확신'으로 읽을 수 있겠다.

이신은 제3부 돌의 소리,「사도들의 오해」에서 이 인격의 말살이 곧 죽음이라고 단언하고 있다. 또 인격의 실현으로 이루어지는 삶에 대해서 제3부 돌의 소리,「예수님은 죽기까지」에서 다음과 같이 언급하고 있다.

> 죽기까지 아름답게 산다는 것, 죽기까지 정의롭게 산다는 것, 죽기까지 진실되게 산다는 것, 더더군다나 죽기까지 남을 사랑한다는 것 자체가 사실은 죽는 것이 아니요 영원한 삶인 것이요 또 영원한 열매를 맺게 하는 나무인 것이다.

위의 언급은 인격적인 삶이 결국 불멸인 영원한 삶으로 이어진다는 것이다. 불멸의 삶을 사는 자의 인격적인 삶은 무엇과도 비교할 수 없는 긍지가 되는 것이다.

다음 이 시의 마지막 연인 제4연의 '자유스러운 결단'에 대해서 살펴보기로 하자. 제3부 돌의 소리,「인격」에서 다음과 같이 언급하고 있다.

인격에는 죽음이란 없다. …(중략)… 부활과 영생은 인간을 이런 주체적인 인격으로 볼 때 하는 소리다. 다시 말하면 인간이 죽는다는 것은 …(중략)… 객체적인 것이 죽는 것이지 나는 언제나 나대로 인격적인 주체자로서 생존하고 있는 것이다.

그러나 내가 내 노릇을 하지 못하고 곧 인격이 주체성을 상실하고 어떤 것의 수단물이 될 때 그런 의미에서 그 인격은 죽는 것이다.

긍지란 주체적인 인격을 갖는 것이고 그것은 영원한 삶의 바탕이 되는 것이다. 위의 시 제4연의 '자유스러운 결단'은 곧 '인격의 주체적인 상태'를 유지하는 것이다. 이런 자유스러운 결단의 상태가 파괴된다는 것은 인격의 주체성의 상실 곧 '당신'의 죽음으로 연결되는 것이니 어찌 조심스럽지 않겠는가.

이제까지 좀 성기게나마 살펴본 바에 의하면 감성적인 시어로 이루어져 한 편의 서정시로 읽힐 수 있는 시 「침묵沈默」이 실은 신학자 이신의 깊은 신학적 상념을 담고 있는 매우 사유思惟적인 시임을 알 수 있다. 즉 시인 이신은 이 한 편의 시 속에 신학자로서 추구하는 신학적 명제들을 몇 개의 시어로 함축하여 아름다운 서정시의 형식으로 내보이고 있다는 것이다. 독자들에게 성공적으로 그 서정성을 전달하고 있으면서도 또 다른 깊은 사유의 세계를 담지하고 있다는 면에서 시집의 맨 앞에 우뚝하게 자리 잡고 있는 이 작품의 가치를 평가해야 할 것이다.

이 시의 말미에 "-1964/8/4 잃어버린 시첩을 생각하면서"라는 구절이 첨가되어 있는데 여기서 '잃어버린 시첩'이라 함은 『李信詩集 돌의 소리』(2012. 2. 동연)에 실린 이경의 글 「시집을 펴내며」에서 언급된 대로 출판을 의뢰했다가 잃어버린 시첩을 생각하며 새로운 시를 적어 놓았다는 것으로 읽힐 수 있지만 확인할 길이 없다. 다만 이 시집에 두 번째로 실려 있는 시 「어느 시집에 기록된 서문」이 그 잃어버린 시첩을 어떤 사람이 습득하여 시집을 간행하고 그 서문으로 시를 쓴다는 가상의 상태를 상정한 작품인데 이 작품을 쓴 날이 「침묵沈默」을 쓴 날자와 동일하다는 것은 어떤 시사점이 될 수 있을 것이다. 이 시 「침묵沈默」에 담겨 있는 누구에게도 말 못하는 안타까움의 정서는 이 시의 말미에 덧붙여진 글이 담고 있는 출판하려고 준비했던 한 권 분량의 시첩을 통째로 잃어버린 막막한 심경과 통한다고 할 수 있다.

다음 시를 살펴보자.

> 無가 망각되면 그 다음에 남는 것이 있는데 그것은 無가 無를 먹고 또 남는 無를 먹고 또 먹고 또 먹고 또 無를 먹고 또 먹고 또 먹고 또 먹고 또 먹고 또 먹고 또 먹고 또 먹어 치워버려서 뒤로 내놓는 똥이 있는데 이것을 영원이라고 한다."―「영원永遠에 관한 논리」제1연.

위의 시 「영원永遠에 관한 논리」는 제1연부터 이 시의 감상을 위한 힘든 항해를 직감하게 된다. 여기서 '無'란 무엇을 가리키는 것일까. 우선 이 시의 감상은 이 '無'의 개념 규정에서부터 시작해야 할 듯하다. 재빨리 해도海圖를 펼쳐든다. 이 시집 제3부 돌의 소리에서 「병든 영원永遠」이란 제목이 붙어 있는 글이 있다. 산문 부분과 운문 부분이 함께 한 편의 글을 이루고 있다. 우선 산문으로 기술된 그 앞 부분의 요지를 간추리면 다음과 같다.

'영원永遠에 이를 수 없는 병든 영원永遠을 시간이라 한다. 이 시간이란 일체의 변화를 가리킨다. 그 변화는 사망을 향해 돌진하는 것이다. 즉 영원히 시들어 없어져버리는 '無'의 상태를 향해 가는 것이다. 영원과 시간은 대립하지만 그것이 영원의 무변화無變化를 의미하는 것은 아니다. 영원은 무변화가 아닌 '찬란한 변화'이다. 시간에서 영원에 이르는 길은 연결된 길이 아니고 하나의 단층斷層이고 비약飛躍이다. 또는 질적 차이의 세계로의 돌연변이(Mutation)이다.'

시간의 연장된 상태가 영원이 아니라는 점, 시간이 끊어지고 비약하는 데에서 영원으로 갈 수 있는 통로가 열린다는 점을 언급하고 있다.

다음의 언급은 시간과 영원의 관계를 더 선명하게 보여주고 있다.

"영원은 시간의 연속성을 끊은 순간에 나타나는 KAIROS적(Paul Tillich의 말대로)인 것이요 종말론적 성격을 갖는 것."(『슈리얼리즘과 영靈의 신학』, 308쪽)이라는 언급대로 '영원永遠'이란 연속적인 시간의 연속이 끝나는, 즉 시간이 무화되는 시점을 가리킨다고 할 수 있다.

위의 글에서 살펴본 '영원'과 '시간'의 관계를 전제로 하고 위의 시에서 언급하고 있는 '無'의 의미를 찾아 나서보자.

위의 시에서 수없이 반복되고 있는 '無를 먹고'라는 의미는 무엇일까? 앞의 글 「병든 영원」에 운문으로 처리된 글 속에서 그 해석의 단서를 찾아보자.

존재存在가 존재 노릇을 하려면

無를 침식侵蝕해야 하는데

존재가 존재 노릇, 즉 주체성을 가지기 위해서는 無를 먹어야(섭취해야) 한다는 것이다. 단순히 일회적으로 먹고 마는 것이 아니고 수없이 되풀이되어야 한다는 것이다. 그런데 여기서 '주체성'이란 '무엇'의 주체성을 말하는 것일까. 위의 글「병든 영원」에서 언급한 '영원에서 시간에로의 타락은 객체적인 것이 아닌 인격적人格的이며 주체적인 것에서 추구되어야 한다.'라는 구절을 상기해보기로 한다.

또 이 시집의 제3부 돌의 소리에 실린「인격」이란 글에서는 '객체적인 면에서 본다면 죽음이 있지만 사람을 인격적 주체자로 볼 때 인간은 불사不死다. 내가 내 노릇을 하지 못하고 곧 인격이 주체성을 상실하고 어떤 것의 수단물이 될 때 그런 의미에서 그 인격은 죽는 것이다.'라고 언급하고 있다.

그러니까 위의 언급들을 종합적으로 살펴보면 인격적 주체성을 유지하기 위해서는 시간을 무화無化시켜야, 즉 시간성을 극복해야 하는데 그 시간성

극복의 과정은 위의 시에서 '無를 먹고'가 되풀이 되듯이 매우 길고 긴 과정을 거쳐야 함을 의미한다고 하겠다.

「영원에 관한 논리」의 제2연을 살펴보자.

그러나 이것만으로 완전치는 못하다. 자기가 자기를 의식하는 것은 영원한 작업인데 또 자기가 자기를 의식하지 못하는 것도 오히려 심각한 의미에서 영원한 작업이라고 말할 수 있지마는 이 양자가 서로 교체되면서 감각이 무서운 고뇌를 겪으면 거기서 생기는 아들이 있는데 그 얼굴이 몹시 못생겼다고 심한 고통을 느끼면 또 거기서 아들이 생기고 또 딸이나 아들이 생기고 한다손 치더라도 여전히 못생겼기 때문에 고민하는 의식을 달래주는 것이라고 할 것이다.

제1연에서 '영원永遠'에 대해 노래하고 있다면 제2연에서 그 반대편에 위치한 '죽음'에 대해 노래하고 있다.

이신이 자신의 저서에서 언급한 다음과 같은 구절이 그 시사점이 될 것이다.

죽음은 영속성이라는 의미로는 항상 부끄럽고 흉하고

슬픈 모습이 영속적으로 생존해나가는 것이요 그런 흉측스러운 광경이 없어져버리면 좋겠는데 그래도 또 살아나고 또 살아나서 영속해가는 그런 것이기도 한 것이다. ―『슐리얼리즘과 영靈의 신학』, 310쪽. (본문은 띄어쓰기가 되어있지 않은 자동기술 형태의 글임. 띄어쓰기는 인용자.)

영원의 반대편에 있는 '죽음'이라는 것은 시간의 무화無化를 통한 '영원'에 도달하지 않는 한 대를 물려 이어가듯이 끝없이 되풀이될 수밖에 없다는 것이다.

제3연에서는 다음과 같은 끝 구절에 본 연의 의미가 응축되어 있다고 생각한다.

그저 그의 가슴 그대로 있던 것이다.

위의 구절은 어떤 일을 해 나가는 시적화자의 행위가 타율적인 것이 아닌 스스로의 의지, 즉 자신의 선택에 의한 것임을 표명하고 있다. 그것은 제3부 돌의 소리에 실린 글「자유로운 선善」에서 아래와 같은 구절과 그 의미의 맥을 공유한다.

하나님은 우리에게 그렇게 노예의 입장에서 섬기기를

원치 않으시고 자원하는 마음으로 그를 섬기기를 원하시는 것이다. 착하고 아름답고 참된 마음을 우리에게 주셔서 그것을 스스로 원하는 마음으로 행하기를 즐겨 하시는 것이다. …(중략)… 세상에서 가장 즐거운 일은 좋은 일을 원하는 마음으로 해 나가는 일이다.

그러므로 결국 제3연은 좋은 일을 제 마음대로 해 나가는 자의 즐거움을 노래하고 있다고 하겠다.

제4연은 이렇게 시작된다.

'나를 사랑해 달라'는 말처럼 어려운 말이 없다. 어렵다기보다 할 수 없는 말은 없다. 할 수 없다기보다 해지지 않는 말은 없다.

'나'의 뜻보다 상대의 뜻에 따라 일이 진행될 수밖에 없는 경우다. 어떤 의미일까?

제3부 돌의 소리에 실려 있는 짧은 글 「주시는 자」에서 그 의미의 열쇠를 찾을 수 있다.

우리에게 있는 모든 것은 하나도 '주시는 자'에게서 받지 않은 것이 없다.

즉 어떤 일을 이루는 것은 인간의 의지가 아닌 하나님의 뜻이라는 것이다.

마지막으로 제5연을 살펴보자.

여기서 언급된 '광인狂人'이란 무엇을 가리키는 것일까. 여기에 대한 답을 얻기 위해 제3부 돌의 소리 맨 처음에 실려 있는 글 「병든 영원永遠」에서 다음과 같은 구절을 살펴보자.

> 인간의 비참 그것은 주체적인 면에서 논의되어야 할 것이다. 비참은 주체성의 분열을 의미한다. 말하자면 '죽음의 병'에 걸린 것이다.

시간성을 극복하고 인격적 주체성을 획득했을 때 영원에 이를 수 있다는 것을 앞에서 언급했다. 그런데 인격적 주체성을 상실함으로써 결국 영원에 이르지 못하고 죽을 수밖에 없는 운명에 처하게 된다는 것이다. '광인狂人'이란 그런 존재를 가리키는 것이 아닐까.

그러니까 제5연은 제1연에서 언급한 그 영원에의 길을 얻지 못한 존재의 비참한 모습을 노래하고 있다 하겠다.

다음 시 「신神과의 주체적主體的 해후邂逅」를 살

퍼보자.

　자연적인 현상만을 보는 눈에는

　신과 만날 수 없습니다.

　…(중략)…

　우리 눈앞에 되어지는 현상의

　뜻을 더듬는 분은

　신을 만날 수 있습니다.

　소리 속에 있는 말을 더듬는 분은

　뜻을 알게 되고

　뜻을 더듬는 분은

　말한 분과 만날 수 있는 것처럼

　말입니다.

　—1968/5/4 미주 아이오와 디모인(Des Moines, Iowa)

　신과 만날 수 없는 "자연적인 현상만 보는 눈"이란 무엇을 의미하는 것일까?

　"베르그송(Henri Bergson)이 의식에 대립되는 개념을 물질로 보고 물질은 필연에 의해서, 의식은 자유에 의해서 그 존재 양식이 규정되는 것으로 말하는 것이 옳다면 '의식의 중화'는 자유에서 필연으로 기울어지는 것을 의미하는 것이다. …(중략)… 의식이 물질적인 타성惰性에 의해서 그 자유를 뺏겨버리는 것일 것이다."(『슐리얼리즘과 영의 신학』, 213쪽.) 즉 '의식의 둔화'에 의해서 "보기는 보아도 보지 못하며, 듣기는 들어도 듣지 못한다."(앞의 책 p213)는 상태가 된다는 것이다. 물론 이것은 신체적 감각의 문제가 아닌 의식意識의 문제다.

위의 시 마지막 연에 나오는 '소리 속에 있는 말'의 의미는 앞에서 '소리'와 대비되어 언급되었던 '목소리'를 의미한다. 즉 "목소리는 그것을 내는 그 인격과 밀접한 관계에 있는 것이기 때문에 그 목소리를 듣는 사람과 실존적 관계에 있게 한다."(이신 시집 제3부, 돌의 소리에 실린 글 「소리, 언어, 목소리」)는 말을 통해 이해가 가능할 것이다.

위의 시 「신과의 주체적 해후」는 '의식의 둔화' 상태에서 벗어나 신의 '목소리'를 들을 수 있을 때 신과의 소통이 가능해진다는 것을 노래하고 있다.

다음 시 「영원에의 전진」을 살펴보자.

　　늙는 것과

　　세상을 떠나는 것을

　　우리는 슬퍼하고

좋지 않게 생각한다.

…(중략)…

영원한 자리에로의

옮김으로

드높은 곳으로의

올라감으로

생각하면

얼마나 좋겠는가.

— 1968/6/23

세상을 떠나는 것, 즉 죽음의 문제를 이야기하고
있다.

이신 시집 제3장 돌의 미학에 실린 「병든 영원」
이란 글에 다음과 같은 구절이 있다.

"시간의 병듦 가운데도 병들어 영 죽어버릴 것
도 있고 앞날의 쾌유를 위한 취침으로서의 죽음이
있다." 즉 믿음이 있는 자의 죽음은 '쾌유를 위한 취
침'이니 슬퍼하지 말라는 것이다.

이 시는 먼 이국땅에 머물러 그 마지막 자리조차
허락되지 않았던 장녀의 죽음을 떠올리며 가족들
의 슬픔을 어루만지는, 어쩌면 자신의 마음속에 솟

아오르는 슬픔을 가라앉히는, 기도문으로 읽어도 될 듯하다.

다음의 시 「나사렛의 한 목수상木手像—새 그리스도로지」를 살펴보자.

이 시는 17연 159행으로 이루어진 긴 시이다. '새 그리스도로지'가 부제로 붙어 있다. 나사렛의 목수는 물론 예수를 가리키는 말일 텐데 거기에 왜 '새'라는 관형어가 필요한 것일까. 그것은 여기서 제시하는 예수의 모습이 지금까지와는 다른 '새로운 예수의 모습'이라는 뜻이리라. 로지(logy)라는 접미사를 사용한 것은 그 '새로운 예수의 모습'을 논리적으로 보여주겠다는 뜻이라 하겠다.

> 아무에게도 매인 바 되지 않았던 나사렛의 목수
>
> 그분은 결코 우리들을 노예로 다루지 않았습니다.
>
> 어디까지나 한 자유로운 인격으로
>
> 소중히 여기십니다.

위의 시 제1연의 1행에서 4행까지이다.

이 구절을 이해하기 위해서 다음의 자료를 참고해보자. 앞에서 언급했던 이신의 저서 『슐리얼리즘과 영의 신학』 208쪽에 다음과 같은 구절이 서술되어 있다. "기독교계에서 오늘날 문제가 되는 것은 신앙을 단순히 전통의 고수로만 생각하고 누구의 모방을 미덕으로 생각하는 점이다. 만일 신앙을 모방으로 해석한다든지 누구에게 기대는 것으로 풀이한다면 그런 기독교 이해가 한 인격의 독자성을 몰각한 노예종교로 전락시켜버리고 만다. 예수가 원래 전한 메시지의 근본 의도는 인간을 노예처럼 다루자는 것이 아니라 어디까지나 한 자유로운 인격으로 소중히 여기자는 것이다."

즉 "기독교계에서 오늘날 문제가 되는", "신앙을 단순히 전통의 고수로만 생각하고 누구의 모방을 미덕으로 생각하는 점"을 수정하여 '새로운' 신앙관을 갖자는 것이다.

제6연 "그래서/ 이제는 나를 모방하지 말고/ 네가 서 있는 그 자리에서/ 너희들 나름으로/ 사람답게 살아가라고 하십니다./ 너희들 나름의 창의력을/ 가지고/ 삶을 보람차게 해 보라는 것입니다." 라고 노래한 것은 위의 저서 같은 페이지의 다음과 같은 언급이 그 풀이에 도움이 될 것이다. "예수가 '나를 따르라'고 말씀할 때는 그를 모방하라는 말이 아니다. 이것은 그분이 그처럼 창조적으로 생을 영위했듯이 우리도 나름의 창의력을 가지고 생을 의미 있게 승화시키라는 것이다. 그것이 '나를 따르라'고 말씀하기 바로 전에 '제 십자가를 지라'는 의미인 것이다." 이렇게 새로운 해석을 통해 종래의 기독교의 잘못된 인식을 바로잡아서 역동성을 회복해야 한다는 것이다.

시인은 "기독교는 진부하고 낡아빠진 회고주의적 이해에서 벗어나 기독교가 갖는 본래의 역동성을 회복해야 할 것"이라고 간곡히 권하고 있는 것이다.

제1연에서 제8연까지가 위와 같은 내용이라면 제9연부터 끝 연까지는 부활과 관련된 내용이다. 시인의 다음과 같은 언급에서 기독교가 새롭게 정립해야 할 중요한 신학적인 과제를 '부활復活'의 문제로 보고 있는 듯하다. 이신의 시집 제3부 돌의 소리에 실린 글「부활復活이 의미하는 것」서두에 다음과 같은 언급이 있다. "그리스도가 가르친 부활에 대해서 많은 사람들이 오해하고 있다. 부활의 진리는 그리스도의 가르침 가운데 중요한 위치를 점유하고 있는데 이것을 사람들은 하나의 종교적 맹신 가운데 그리스도가 가르친 것과는 딴판으로 자기 해석하고 있는 것이다. 신약성서에 사도들의 기록 가운데도 그들은 많은 오해를 하고 있는 것이다.

…(중략)… 그 후에 교회의 교리주의자들은 오해한 것을 또 오해했으니 얼마나 오해가 오늘날 기독교 가운데 겹쳐 있는지 알 수 없다."

제9연부터 끝 연까지의 의미, 즉 부활에 대한 새로운 해석의 열쇠가 될 수 있는 구절을 이신 시집 제3부 돌의 소리에 실린 글 「예수님은 죽기까지」의 다음과 같은 언급에서 발견할 수 있다. "예수님은 죽기까지 아름답게 살다가 착하게 살다가 죽기까지 정의롭게 살다가 진실되게 살다가 똑 죽기까지 남을 사랑하다가 돌아가신 분인데 돌아가심에 생명의 씨알갱이를 남겨 두신 분이다. 그러므로 그분은 죽음로 끝난 분이 아니고 오히려 죽은 다음에 그 생명의 씨알갱이를 통해서 더 그 생명이 확대되고 더 충일充溢해지고 더 심화되고 더 우주화된다."는 것이다. 그러니 "죽기까지 아름답게 산다는 것, 죽기까지 정의롭게 산다는 것, 죽기까지 진실되게 산다는 것, 더더군다나 죽기까지 남을 사랑한다는 것 자체가 사실은 죽는 것이 아니요 영원한 삶인 것이요 또 영원한 열매를 맺게 하는 나무인 것"이라는 거다. 그래서 "부활은 이 인격적 실존의 영원성을 믿는 신앙에서만 확실한 것으로 비로소 부각되어 올라오는 것"이 된다.(이신 시집 제3부 돌의 소리에 실린 글「부활이 의미한 것」) 또한 "부활은 어제나 오늘이나 내일 이렇게 분열된 시간 안에서 일어나는 것이 아니라 그리스도가 '지금도 그때라(요5:25)'라 한 영원 가운데서 일어난다. 말하자면 이것은 하나의 종말론적 의미에서 말씀하신 것"(앞의 글)이 된다. 또한 "그리스도는 인격적이며 주체적인 입장에서 말씀하고 있는데 후대 사람들은 이것을 잘 모르고 객체화하고 있는 것이다. 말하자면 부활이나 이적異蹟은 객체적인 현상으로 생각할 때 큰 오해가 생긴다. …(중략)… 부활은 …(중략)… 인격의 불멸, 인격의 승리, 인격의 영원한 '있음' 이것인 것이다. …(중략)… 죽음은 객체적인 것의 사별이 아니라 인간에게 있어서의 죽음은 인격의 말살인 것이다. 이것이 영사永死인 것이다. 이 말살된 인격이 그리스도의 말씀에 의해서 그 인격의 권위와 품격을 도로 찾는 것"(앞의 책 제3부 돌의 소리에 실린 글「사도들의 오해」)이 부활이라는 것이다. 위의 언급들을 통해서 지금까지 객체적으로 이해되었던 부활에 대한 인식을 주체적인 것으로 돌려놓는 것이 바로 '새 그리스도로지'라는 것이다.

다음 시「자유自由의 노래」를 살펴보자.

"어떤 사람이 내게/ "자유가 무엇이냐"고 묻는다

면/ 나는 이렇게/ 대답하고 싶습니다./ "자유는 사랑하면서/ 행동하는 것이다"라고." 제1연이다. 이 신의 시집 제3부 돌의 소리에 실린 글 「자유로운 선善」에 다음과 같은 구절이 이 시와 깊은 연관을 갖는 것으로 읽힌다. 즉, "하나님은 우리에게 그렇게 노예의 입장에서 섬기기를 원치 않으시고 자원하는 마음으로 그를 섬기기를 원하시는 것이다. …(중략)… 세상에서 가장 즐거운 일은 좋은 일을 원하는 마음으로 해 나가는 일이다. 그 마음이 있는 곳에 하늘의 문이 열린다. 새 하늘과 새 땅이 열리게 된다."와 같은 구절이다. 이 시는 산문으로 쓴 「자유로운 선善」을 운문韻文으로 옮긴 것이라 할 수 있다.

이신 시인의 시가 모두 신앙적인 고백과 관련된 것은 아니다. 가족과 헤어져 먼 이국땅에서 고된 삶을 살아가는 동안 장녀의 안타까운 사망 소식을 접하고 쓴 시도 있고 가족에 대한 깊은 그리움을 표현한 시도 있다.

귀뚜라미 소리 이국의

창밖에 들리고

가난과 굶주림 속에서

멀리 멀리 떠나가 버린

딸의 이름 '은혜恩惠'를

천정을 향해 불러 본다.

그리고

귀를 종그리고

그의 대답을 기다린다.

― 1966/9/11 (「이국異國의 가을」全文)

　시인은 시적화자를 통해 딸의 죽음이라는 객관적으로 슬플 수밖에 없는 상황을 매우 담담한 목소리로 전하지만 그 슬픔은 죽은 딸의 목소리를 들으려 "귀를 종그리고/ 그의 대답을 기다린다."는 부분에서 깊이 내면화된다. 정지용이 그의 어린 아들을 폐결핵으로 잃고 썼던 시 「유리창1」에서 "물먹은 별이 반짝 보석처럼 박힌다"와 같은 구절은 슬픔이 겉으로 드러나지 않고 내면화된 예가 될 것이다.

　역시 딸 은혜의 죽음을 노래한 시 「딸 은혜恩惠 상像」의 첫 연 "하얀 박꽃처럼/ 초가집 지붕 위에 피었다가/ 둥글디 둥근 것을/ 남겨 둔 채/ 사라졌다."에서는 역시 정지용의 앞의 시 「유리창1」에서 마지막 구절에 "아아, 너는 산처럼 날아갔구나"를 떠올리게 한다.

가족과 멀리 떨어져 먼 타국 땅에서 지내던 유학 시절 가족을 그리며 쓴 것으로 보이는 다음 시를 살펴보자.

사진은 봐서 뭘 합니까
그대는
보면 볼수록 사진 속에 뒷발걸음질하여
도망쳐 버리고 맙니다.
그러면
어느새 그대는
내 곁에 와서
등을 두드립니다.

그러면 눈을 떠 보지요.
내가 눈을 뜨자마자
그대는 어느 새 눈치 채고
또 뒷발걸음을 쳐서
물러가버리고 맙니다.

그러니 나는
그대의 사진 앞에서
늘 눈을 감고 있을까요

그리고 그대가 다가와서

내 등을 두드리는 것을

기다릴까요.

사진 속에 그대는

고개를 흔듭니다.

그것도 싫다는

의미가 아니겠습니까.

그러면

어떻게 하면 좋겠습니까.

그대의 사진 앞에서

나는

눈을 떴다가

그리고

감았다가 할까요.

　　— 1969/3/2테네시 주 네시슈빌(Nashville,

Tennessee)에서(「사진寫眞」全文)

　　이 시에서 사진과 대화를 나누는 시적화자의 모습이 안타깝게 그려지고 있다. 시적화자에게서 '뒷발거름질하는' 사진 속의 '그대'와 화자와의 거리는 그리움의 크기인 동시에 그 그리움을 채울 수 없는 현실에 대한 자각이다. 사진을 들여다보면 볼수록 그리움이 커지면서 동시에 자신이 마주하고 있는 대상이 실 존재가 아닌 사진일 뿐이라는 깨달음은 결국 눈을 감고 현실을 떠난 상상을 통해 시적화자와 사진 속 '그대'와의 거리는 등을 두드릴 만큼 가까워진다. 그러나 그 환희의 실체를 확인하고 싶어 눈을 뜨는 순간 시적화자는 단지 그대의 사진만을 마주하고 있을 뿐인 안타까운 현실로 돌아오는 것이다.

눈을 뜨거나(현실을 받아들이는 것) 눈을 감거나(상상의 세계) 그리움의 근본적인 해결책이 아님을 모를 리 없지만 시적화자에게 주어진 실존적 현실은 눈을 감는 것과 뜨는 것에 한정되어 있는 것이다.

가족에 대한 절절한 그리움이 한 치의 과장이나 기교에 기대지 않고 감정이 절제된 언어로 너무도 명징하게 그려지고 있다. 그러면서도 시적 격조를 지키는 것이 이 시의 미덕이다.

"슐리얼리즘은 무형無形의 형태를 보는 것이요 무성無聲의 소리를 듣는 것"(『슐리얼리즘과 영의 신학』, 225쪽)이라는 신학자 이신의 언급대로 이 시에서 시인 이신은 그 '슐리얼리즘'을 기법으로 사용하고 있다.

다음, 제2부 슐리얼리스트의 노래에 실려 있는 시 「게시Ⅰ」을 살펴보자.

흰 구름이 떠 온다.
그리고 흰 구름이 점점 가까워지더니
하늘에 한 SENTENCE를 계시한다.
그것은

　　신은 간밤에 처녀와
　　결혼했는데 하루 사이에
　　아들을 낳아
　　이름을 HALOM(חלם)이라고 하니
　　이가 모든 인간들에게 어디서 오는지
　　모르게 살짝 내려와서
　　온갖 의미를 부여한다.

이것은 정말 일순간의 일이었기 때문에
이것을 해독한 사람은 세상에 한 사람밖에 없다.
(「게시Ⅰ」全文)

위의 시 첫 연의 상황은 구약성서 다니엘서에서 다음 구절을 연상시킨다.

그런데 그 때에 갑자기 사람의 손이 나타나더니, 촛대 앞에 있는 왕궁 석고 벽 위에다가 글을 쓰기 시작하였다. 왕은 그 손가락이 글을 쓰는 것을 보고 있었다.(5:5) … 기록된 글자는 바로 '메네 메네 데겔'과 '바르신'입니다.(5:25)

바빌로니아의 벨사살 왕이 본 환상과 그 환상 속에 나타난 손이 쓴 글자를 다니엘이 해독하여 바빌로니아의 앞날을 예언하는 장면이다.

위의 시「계시Ⅰ」에서는 흰 구름이 계시한 sentence 중에 HALOM(חֲלוֹם)이라는 히브리어가 등장한다. '꿈' 혹은 '꿈을 통한 계시'로 해석할 수 있다. 이때 이 '꿈'은 '환상'으로 의역해도 그 의미에 큰 무리가 없을 듯하다.

신학자 이신은 그의 저서 『슐리얼리즘과 영靈의 신학』 '제Ⅱ부 슐리얼리즘 신학 제1장 환상의 신학—계시문학을 중심으로'에서 다음과 같이 언급하고 있다.

계시문학적 의식(the apocalyptic consciousness)은 주로 환상에 대한 의식(the consciousness of vision)이다. 그렇게 때문에 계시문학자의 감수성은 환상을 발견하는

데 민감하고 그 상상력은 그들이 받은 환상을 표상화하
는 데 비상하다.

계시문학은 환상을 발견하고 환상을 통해 표현
한다는 말이다.

그러니 위의 시 「계시 I」은 계시가 '꿈' 즉 '환상'
을 통해 표현되어짐을 이야기하고 있다. 이 환상은
여러 의미를 부여할 수 있기에 여러 해석을 낳을 수
있으되 그 참뜻을 해석할 수 있는 이는 오직 한 사
람, "전 생애가 창조적인 이벤트메이커(the creative
event-maker)로서의 생애"(『슈리얼리즘과 영의 신학』,
204쪽)를 살았던 '사람의 아들'일 뿐이라는 것이다.

다음의 시 「날아라 날아라」를 살펴보자.

　　공중의
　　새를 보라
　　기계도 안 만들고
　　돈도 안 버는데도
　　날아다니지 않나.

　　날개 없는 마음이
　　공중에 날을 때

새가되고 벌레가 되고

구름이 되고 꿈이 되고

하여도

푸른 하늘은 맑기만 하면서

넓어진다

새야 새야

자본 없는 새야

새야 새야

기술 없는 새야

누가 너를

공중 없게

만들었느냐

아무튼

녹두밭가에

가거들랑

울지 말고

날아라

날아라

(「날아라 날아라」 全文)

위의 시에서 '자유'란 무엇을 의미하는 것일까. 이신의 저서에서 다음과 같은 구절을 읽을 수 있다.

> 슐리얼리즘파의 주장主匠 앙드레 브르통(Andre Breton)은 이렇게 말한다. "우리가 이어받은 많은 불명예스러운 것 가운데 심각히 깨달아야 할 것은 정신의 전적 자유라는 것을 도외시하는 일이다. …(중략)… 이미지네이션만이 나에게 가능성을 말해주며 … 또 그것이 나로 하여금 자기 기만에 빠지는 두려움 없이 이 자유 속에 완전히 자신을 투입하도록 하는 것이다."(초현실주의 선언)」(『슐리얼리즘과 영의 신학』, 205쪽)

아무것도 가진 것 없어 보이는 한 마리의 새가 거침없이 공중을 나는 것을 보면서 시적자아는 한없는 자유를 느끼는 것이다. 이 자유란 어디에서 온 것이며 얼마나 귀중한 것인가.

> 사람은 본래 지음을 받을 때 '하나님의 형상' 대로 지음을 받았다고 말하지만 사람은 하나도 하나님을 닮은 곳이라고는 없다. 그 겉모양이 하나님의 형상일 리도 없고 도학자적인 신학자들이 말하듯이 윤리적인 면에서 하나님을 닮은 흔적도 없다. 다만 사람이 하나님을 닮은 곳이

있다면 그것은 인간이 갖고 있는 이매지네이션의 기능이라는 면에서일 것이다. 이 이매지네이션의 영역 안에서는 신에게 불가능이 없는 것처럼 불가능이 있을 수 없다.(『슐리얼리즘과 영의 신학』, 205쪽)

하나님을 닮은 유일한 능력, 이매지네이션, 즉 상상력의 영역에서 인간은 한없이 자유스러워질 수 있는 것이다. 그것은 어떤 물질적, 기계문명적 세계도 틈입할 여지가 없는 세계인 것이다. 왜 물질의 세계를 벗어나야 하는가. 다음과 같은 말에서 그 답을 찾을 수 있다.

베르그송(Henri Bergson)이 의식에 대립되는 개념을 물질로 보고 물질은 필연에 의해서, 의식은 자유에 의해서 그 존재 양식이 규정되는 것으로 말하는 것이 옳다면 '의식의 둔화'는 자유에서 필연으로 기울어지는 것을 의미하는 것이다. …(중략)… 의식이 물질적 타성惰性에 의해서 그 자유를 뺏겨 버리는 것일 것이다."(『슐리얼리즘과 영의 신학』, 212쪽)

위의 시 「날아라 날아라」는 우리의 의식이 물질적 타성에 의해서 상상력의 자유를 빼앗겨버려서는 안 된다는 것을 노래하고 있다.

다음의 시 「초상화Ⅳ」를 살펴보자.

상념에 지친 채 늘어진 목을 더욱더 길게 늘이고 공空을 향해 응시하다가 문득 옛날에 있었던 해안지대의 풍경을 음미하느라고 구둣짝을 벗어 들고 탄소嘆笑를 터뜨리면 자동차 바퀴가 차체에서 벗어나 굴러가면서 현대의 이론을 전개하느라고 진땀을 빼는 교수님의 머리칼을 한 가닥만 뽑아버렸다고 큰 문제가 야기되어 떠들썩하는 거리에서 나를 손짓함으로 나가지 않고 가만히 있다가 팔짱만 끼고 서성거리는데 붉은 산에서 구름이 피어오르는 것을 제삼의 구세주 강림이라고 생각하고야 밖을 나가버린다.(「초상화Ⅳ」全文)

다음과 같은 언급은 위의 시를 이해하는 데 도움이 될 듯하다.

현대 회화의 난해성을 일컬어 예술 작품에 있어서의 '공개된 비밀(an open secret)' 또는 '허메티시즘(hermeticism)'이라고 말한다. 현대인들은 무엇을 이해하는 데 곧잘 어떤 공식이나 원리에 맞추어 풀면 되는 것처럼 생각한다. 그러나 예술 작품을 이해하는 데는 어떤 공식이나 원리

를 따져서 이해할 수 있는 것은 아니다. …(중략)… 우리
가 한 시각적인 대상을 관찰할 때는 그저 보는 것이 아니
라 우리가 사물을 관찰하는 법을 익힌 대로 보고 그것이
반복됨에 따라 무엇을 관찰하는 데 하나의 습관이 붙어
그 습성을 통해서 본다. 그래서 시각적인 대상을 관찰하
는 제 편견이 생기기 마련이다. …(중략)… 그래서 자기가
기대하는 또는 자기가 마음에 그리고 있는 어떤 환각에
사로잡혀 회화 자체가 우리에게 표현하려고 하는 조형미
자체를 못 보고 마는 것이다."(『슐리얼리즘과 영의 신학』
p199-201)

　　다소 긴 인용문이지만 위의 언급에서 우리가 살
펴보고자 하는 시「초상화Ⅳ」을 해석하는 실마리
를 찾을 수 있다. 즉 위의 시에서 "옛날에 있었던 해
안지대의 풍경을 음미하느라고…" 구절을 그의 저
서에서 인용한 "무엇을 관찰하는 데 하나의 습관이
붙어 그 습성을 통해서 본다."라는 구절과 대응시
켜서 보면 쉽게 이해가 된다. 물론 그 결과는 위의
시에서 표현된 대로 "자동차 바퀴가 차체에서 벗어
나 굴러가"는 잘못된 상황으로 귀결된다. 현대예술
에 대한 이해가 "어떤 공식이나 원리에 맞추어 풀
면 되는 것처럼" 잘못된 생각이라는 것을 지적하는

상황이 시 속에서는 "현대의 이론을 전개하느라고 진땀을 빼는 교수님의 머리칼을 한 가닥만 뽑아버렸다"로 표현되어 있는 것이다.

물론 시적화자는 이러한 모순된 상황에 동조할 수 없어서 "나를 손짓함으로 나가지 않고 가만히 있다가 팔짱만 끼고 서성거리는"상태를 취하고 있다가 "붉은 산에서 구름이 피어오르는 것을 제삼의 구세주 강림이라고 생각하고야 밖을 나가버린다." 즉 "생명 있는 것을 불어넣고 의미 있는 것을 부여하는 '이벤트' 그것은 창조적 사건이 일어나는 거기에만 있는 것"(『슈리얼리즘과 영의 신학』 p203)이라는 깨달음(공개된 비밀의 해독)을 얻은 사람이 되는 것이다. 그러니 위의 시 「초상화Ⅳ」는 '공개된 비밀을 해독한 사람의 초상화'가 되는 것이다.

이신의 시는 대부분 성령의 계시를 통해 인격적으로 소통하는 영靈의 신학적 신념을 노래하고 있다. 그렇기에 그의 신학적 신념에 접근하기 전에는 매우 난해하다는 느낌을 준다. 일반 독자에게 신학에의 접근은 용이한 것이 아니기에 이신의 시는 난해한 시로 남아 있었다. 또한 이신의 문학과 그림의 세계에서 보이는 '슈리얼리즘'의 자유로운 상상력은 소위 '공개된 비밀(an open secret)'의 범주에 속하여 해석을 필요로 하기도 한다. 그러나 그의 「침묵」 같은 시는 신학적 접근을 생략하더라도 풍부한 서정성을 지닌 시로서 읽혀질 수 있다. 또 「사진」이나 「이국의 가을」과 「딸 은혜 상像」 같은 작품은 미국 유학생활 중 멀리 떨어진 고국에 남겨두고 온 가족에 대한 절절한 그리움, 혹은 그런 이별의 상황 속에서 세상을 뜬 딸에 대한 마음을 감정의 과잉 없이 담담하게 그려내면서도 시적 격조를 담고 있는 수작秀作들이다.

제2부 슈리얼리스트의 노래에 수록된 시들은 슈리얼리즘 문학이론과 슈리얼리즘 신학이론을 구현한 작품들로 볼 수 있을 것이다.

현장 목회자로서, 그리고 늦게 유학하여 연구에 몰두한 신학자로서, 시인으로서, 거기에 화가로서의 삶을 산 그의 일생은 치열할 수밖에 없었을 것이다. 이렇게 다양한 삶이 투영된 이신의 시는 그 핵심에의 접근을 쉽게 허락하지 않는 것이 어쩌면 당연할지도 모른다.

화가 이중섭의 예술세계에 대해 그가 했던 다음의 언급은 어쩌면 시인이며 화가인 예술가로서의 이신 자신의 치열한 삶에 대한 평가로서도 적절하다 할 것이다.

　　그(이중섭-인용자)는 분명히 시대의 통속적인 조류에
휩쓸리지 않고 자기 나름의 길을 걸어간 예술가다. 그렇
기 때문에 진실한 의미에서의 예술 창조란 그 시대가 범
속에 눈멀어 보지 못하는 현실을 보도록 눈 띄워준다."
(『슐리얼리즘과 영의 신학』, p199)

이신의 삶

　목사이자 신학자로 알려져 있는 이신(李信, 1927~ 1981)은 전라남도 돌산에서 태어나 어릴 때부터 그림 그리기를 좋아하고 청소년기에 부산 초량상업학교에서 그림 수업을 쌓아 장차 화가가 될 꿈을 가지고 있었다. 그러나 좀 더 근원적인 인간 실존의 문제를 가지고 씨름하던 이신은 상업학교 졸업 후 일하던 은행원 자리를 그만두고 신학을 공부하기로 결심하고 가지고 있던 미술 도구와 서적을 팔아 서울에 있는 감리교신학교로 향했다. 1950년 봄 신학교를 졸업하고 충청도 전의에서 전도사 생활을 시작했다. 하지만 오래지 않아 한국전쟁이 발발하여 고향 전라도로 피난해 있다가 그 당시 전라도 일대에서 초대교회로의 환원을 통한 교회 일치를 주장하는 자생적인 기독교 운동인 '한국 그리스도의 교회 환원운동'에 접하고서 그 운동의 중심인물인 김은석 목사 등과 교류하고 공감하여 그리스도의 교회로 환원하고 목사 안수를 받았다. 이때 자신의 이름을 이만수李萬修에서 이신李信으로 바꿨다.

이후 한국 그리스도의 교회 목사로서 충남 부여교회에서의 목회와 교육, 전남 영암 상월리 교회 목회, 서울에서 신학교 교육, 충북 괴산 소수교회 목회, 부산에서 방송 선교, 서울 돈암동교회에서 목회 활동에 헌신했다. 돈암동교회를 사임한 후 1966년 마흔 살의 늦은 나이에 가족을 고국에 두고 홀로 미국 유학길에 올랐다.

미국에서는 네브라스카(Nebraska) 기독대학, 드레이크(Drake) 대학교 신학대학원을 거쳐 밴더빌트(Vanderbilt) 대학교 신학대학원에서 수학하고 1971년 5월에 「전위 묵시문학 현상: 묵시문학의 현상학적 고찰」이라는 논문으로 신학박사 학위를 받고 귀국했다. 이 논문은 기독교 신학의 모태라 일컬어지는 묵시문학의 원형적 지향성을 탐색해 기독교 신앙의 현재적 역동성을 회복하기 위한 것이었다. 여기서 그는 묵시문학자들이 모순된 현실 역사에 대해 예민한 감수성으로 번민하고 애통해 하고 이를 초월하는 고양된 의식으로 새 하늘과 새 땅을 상상하는 일이 현대 전위 예술가들의 저항 정신과 상상력에서 반복, 재현됨을 고찰했다. 이 시기 그의 미국 유학생활은 고국에 있는 가족의 생계까지 짊어지는 고학의 연속이었지만, 화가로서의 감수성과 능력을 발휘할 기회가 되었다. 여러 회화 작품들을 그려 냈고 열 차례의 개인 전람회를 통해 작품을 발표하고 판매했다.

귀국 후 이신은 산동네 빈민 목회 활동에 헌신하고 서울기독교회를 개척했으며 '포이에티스트' 학술모임을 결성하고 운영했다. 또한 이화여자대학교 기독교학과(문화신학), 중앙신학교(윤리학), 그리스도신학대학(히브리어 및 신학), 대한기독교신학교(조직신학, 현대신학), 순복음신학교(현대신학, 해석학) 등에서 가르쳤다. 1973년에는 한국그리스도의교회연합회 회장에 취임하고 목회자와 평신도의 뜻을 모아 "한국그리스도의교회 선언"을 발표했고, 이를 바탕으로 한국교회의 자주성을 강조했고 개혁운동을 전개했다. 이렇게 목사이자 신학자로서 이력을 쌓아온 이신은 그의 삶에서 영근 신학적 구상들을 강연과 저술, 번역 활동을 통해 역동적으로 펼쳐내면서 1970년대 말부터 본격적으로 세상의 주목받기 시작했지만, 안타깝게도 1981년에 54세의 나이에 세상을 떠났다.

이신은 살아생전『노예냐 자유냐』(N. Berdyaev, 인간사, 1979; 늘봄, 2015 재출간)를 번역했고,『산다는 것, 믿는다는 것』(교문사, 1980)을 출간했다. 그가 번역

한 베르쟈예프의 또다른 저서 『인간의 운명Destiny of man』(N. Berdyaev, 현대사상사, 1984)은 사후에 출간되었다. 이후 그의 삶과 사상을 기리기 위해 1990년대 초 10주기 즈음에 그의 신학적 저작들이 유고집 『슐리얼리즘과 영의 신학』(종로서적, 1992; 동연, 2011 재출간)으로 출간되었고, 30주기 때는 그의 시와 단문들이 시집 『돌의 소리』(동연, 2012)로 편집돼 나왔다. 35주기 즈음에는 그의 슐리얼리즘(초현실주의) 신학과 글과 그림에 대한 본격적인 연구서 『환상과 저항의 신학: 이신의 슐리얼리즘 연구』(동연, 2017)가 발간되면서 한국적 예술신학과 종교개혁의 선구로서 재조명되기도 했다. 40주기가 되는 2021년 말에는 그의 슐리얼리스트 신학과 예술을 다방면으로 더 심도 있게 고찰하고 평가한 글들이 책으로 묶여 『李信의 묵시의식과 토착화의 새 차원』(동연, 2021)이라는 제목으로 발간되었다. 2021년 10월에는 또한 이신이 남긴 그림들이 〈이신, SR@XR: 초현실이 확장된 현실을 만나다〉라는 유고전시회에서 일반에게 공개되기도 했다.